没有一条道路是重复的

余华 著

作家出版社

图书在版编目（CIP）数据

没有一条道路是重复的 / 余华 著 . – 北京：作家出版社，
2012.9（2024.11重印）
（余华作品）
ISBN 978-7-5063-6528-4

Ⅰ . ①没… Ⅱ . ①余… Ⅲ . ①随笔 – 作品集 – 中国 –
当代 Ⅳ . ①I267.1

中国版本图书馆CIP数据核字（2012）第168880号

没有一条道路是重复的

作　　者：余　华
责任编辑：钱　英
装帧设计：高高国际
出版发行：作家出版社
社　　址：北京农展馆南里10号　　　邮　　编：100125
电话传真：86-10-65930756（出版发行部）
　　　　　86-10-65004079（总编室）
　　　　　86-10-65015116（邮购部）
E-mail:zuojia@zuojia.net.cn
http://www.haozuojia.com（作家在线）
印　　刷：三河市紫恒印装有限公司
成品尺寸：142×210
字　　数：120千
印　　张：6
印　　数：54001–59000
版　　次：2012年9月第1版
印　　次：2024年11月第8次印刷
ISBN　978-7-5063-6528-4
定　　价：35.00元

目　录

两个童年

生活、阅读和写作

两个童年

流行音乐

在我儿子出生后半年，我觉得他已经是一个很正经的人了，他除了吃和睡、哭和笑以外，还没有别的更突出的表现，我就对陈虹说：他应该有点什么爱好了。所以我决定让他来分享我对古典音乐的爱好，我希望巴赫、勃拉姆斯他们，还有巴尔托克和梅西安他们，当然还有布鲁克纳和肖斯塔科维奇，他们能让我的儿子漏漏感到幸福，因为他们每天都令我愉快。我以为漏漏会子承父业，会和我一样感到愉快。

我在全部的 CD 盘里，为儿子挑选出了三部作品，巴赫的《平均律》，巴尔托克的《小宇宙》，德彪西的《儿童乐园》，三部作品都是钢琴曲。我喜欢钢琴的叙述，那种纯粹的，没有偏见的叙述，声音表达出来的仅仅只是声音的欲望。我没有选择弦乐作品，是因为弦乐在情感上的倾向过于明显；而交响乐，尤其是卡拉扬的柏林爱乐和穆拉文斯基的列宁格勒所演奏的交响乐，我想会把我儿子吓死的，他小小的内心里容纳不了跌宕的，幅度辽阔的声音；至于清唱剧，就像巴赫的《马太受难曲》，我被叙述上的单纯和宁静深深打动，可是叙述后面的巨大的苦难又会使人呼吸困难，我不希望让儿子在半岁的时候就去感受忧伤。我儿子半岁以后，我发现他脾气成长的速度远远超过了身体，哭叫不仅是他的武器，还成为了他的荣耀。他在发现和感受世界的时候，常常显得很烦躁，尤其是他开始皱着眉观察四周的事物，那模样像是在沉思什么，我就觉得应该给他更多的宁静。

这就是我为什么选择了《平均律》、《小宇宙》和《儿童乐园》，我希望儿子听到真正的宁静，除此之外，我希望他什么都别听到。在我看来，《平均律》和《小宇宙》所表达出来的单纯，可以说是登峰造极；而《儿童乐园》是德彪西为女儿所写，轻快、天真、幽默和温暖，在同一张 CD 上，还有弗雷的《洋娃娃》。

每天到了晚上，我把他抱到床上以后，钢琴曲就会开始，在旋律的发展中，他逐渐进入睡梦。就这样日复一日，他在钢琴曲里睡去，翌日醒来时，又在钢琴曲里起床。慢慢地，他学会了爬，又学会了走路，开始牙牙学语。同时我看到巴赫让他出现了反应，他有时候听着音乐会摇头晃脑起来，甚至连身体也会跟着摆动，最激动的一次是他爬到一只音箱前，对着里面飘出的钢琴曲哇哇大叫。正当我乐观地感到儿子对巴赫的喜爱与我越来越接近时，外婆拿来了一盒儿童歌曲的录音带，里面有一首四十多年前周璇唱过的儿歌：

小燕子，穿花衣……

这一天下午，我的儿子听到这首歌的时候，显得十分激动，张大嘴巴使劲地笑着，小小的身体拼命扭动。他让我将这首歌放了一遍又一遍，直到自己气喘吁吁，满头大汗，因为激动过度而没有了力气，倒在床上睡去后，才让我关掉了音响。

从此以后，他就再也不听巴赫了，每当我为他放出巴赫的《平均律》，我这才一岁几个月的儿子都要愤怒地挥动着手，嘴里口齿不清地叫着："小燕子，小燕子……"我只好关掉巴赫，关掉巴尔托克，让"小燕子，穿花衣……"在我们的房间里飘扬。

我苦心经营了近一年的巴赫，被"小燕子"几分钟就瓦解了。于是我的蓄谋已久，我的望子成龙，我的拔苗助长，还有什么真正的宁静？在我儿子愤怒挥动的手上和口齿不清的"小燕子"里，一下子就完蛋了。流行音乐通过我的儿子，向我证明了它们存在的力量。现在回想起来，当我儿子最初摇摆着身体听巴赫时，他已经把《平均律》当成流行音乐了。他是用听摇滚的姿态，来听我们伟大的巴赫。

一九九六年五月九日

可乐和酒

　　对我儿子漏漏来说，"酒"这个词曾经和酒没有关系，它表达的是一种有气体的发甜的饮料。开始的时候，我忘记了具体的时间，可能漏漏一岁四五个月左右，那时候他刚会说话，他全部的语言加起来不会超过二十个词语，不过他已经明白我将杯子举到嘴边时喝的是什么，他能够区分出我是在喝水还是喝饮料，或者喝酒，当我在喝酒的时候，他就会走过来向我叫道："我要喝酒。"

　　他的态度坚决而且诚恳，我知道自己没法拒绝他，只好欺骗他，给他的奶瓶里倒上可乐，递给他："你喝酒吧。"

　　显然他一下子就喜欢上了这种饮料，并且将这种饮料叫作"酒"。我记得他第一次喝可乐时的情景，他先是慢慢地喝，接着越来越快，喝完后他将奶瓶放在那张小桌子上，身体在小桌子后面坐了下来，他有些发呆地看着我，显然可乐所含的气体在

　　　　　　　　　　　　　　|　余华作品

捣乱了，使他的胃里出现了十分古怪的感受。接着他打了一个嗝，一股气体从他嘴里涌出，他被自己的嗝弄得目瞪口呆，他不知道发生了什么，睁圆了眼睛惊奇地看着我，然后他脑袋一抖，又打了一个嗝，他更加惊奇了，开始伸手去摸自己的胸口，这一次他的胸口也跟着一抖，他打出了第三个嗝。他开始慌张起来，他可能觉得自己的嘴像是枪口一样，嗝从里面出来时，就像是子弹从那地方射出去。他站起来，仿佛要逃离这个地方，仿佛嗝就是从这地方钻出来的，可是等他走到一旁后，又是脑袋一抖，打出了第四个嗝。他发现嗝在紧追着他，他开始害怕了，嘴巴出现了哭泣前的扭动。

这时候我哈哈笑了起来，他的样子实在是太可爱了，让我无法忍住自己的笑声。看到我放声大笑，他立刻如释重负，他知道自己没有危险，也跟着我放声大笑，而且尽力使自己的笑声比我响亮。

就这样，可乐成为了他喜爱的"酒"，他每天都要发出这样的喊叫："我要喝酒。"同时他每天都要体会打嗝的乐趣，就和他喜欢喝"酒"一样，他也立刻喜欢上了打嗝。

我的儿子错将可乐作为酒，一直持续到两岁多。他在海盐生活了三个月以后，在我接他回北京的那一天，我的侄儿阳阳将他带到一间屋子里，过了一会儿，他突然哭喊着跑了出来，双手使劲扯着自己的衣领，像是自己的脖子被人捏住似的紧张，他扑到了我的身上，我闻到了他嘴里出来的酒味，然后看到我的侄儿阳阳一脸坏笑地从那间屋子里走出来。

我的侄儿比漏漏大七岁，他知道漏漏每天都要喝的"酒"其实是可乐，所以他蒙骗了漏漏，当他将白酒倒在瓶盖里，告诉漏漏这是酒的时候，其实是在骗他这就是可乐。我的漏漏喝了下去，这是他第一次将酒作为酒喝，而且还是白酒，酒精使他痛苦不堪。

同一天下午，我和漏漏离开了海盐，来到上海。在上海机场候机的时候，我买了一杯可乐给漏漏，问他："要不要喝酒？"上午饱受了真正的酒的折磨后，我的漏漏连连摇头，他不要喝酒。这时候对漏漏来说，酒的含义不再是有气体的发甜的饮料，而是又辣又烫的东西。

我问了他几次要不要喝酒，他都摇头后，我就问他："要不要喝可乐？"他听到了一个新的词语，和"酒"没有关系，就向我点了点头，当他拿杯子喝上可乐以后，我看到他一脸的喜悦，他发现自己正在喝的可乐，就是以前喝的"酒"。我告诉他："这就是可乐。"他跟着重复："可乐、可乐……"

我的漏漏总算知道他喜爱的饮料叫什么名字了。此前很长的时间，他一直迷失在词语里，这是我的责任，我从一开始就误导了他，混淆了两个不同的词语，然后是我的侄儿跟随我也蒙骗了他，有趣的是我侄儿对漏漏的蒙骗，恰好是对我的拨乱反正，使漏漏在茫茫的词语中找到了方向。可乐和酒，漏漏现在分得清清楚楚。

一九九六年五月十四日

恐惧与成长

　　我儿子漏漏八个月的时候，还不会走路，刚刚学会在地毯上爬，于是我经常坐在椅子里，看着他在地毯上生机勃勃地爬来爬去，他最有兴趣的地方是墙角和桌子下面。他爬到墙角时就会对那里积累起来的灰尘充满了兴趣，而到了桌子下面他就会睁大眼睛，举目四望，显然他意识到四周的空间一下子变小了。

　　我经常将儿子的所有玩具堆在地毯上，让他在那里自己应付自己，我则坐在一旁写作。有一次，他爬到墙角，在那里独自玩了一会儿后，突然哭叫起来，我回头一看，他正慌张地向我爬过来，脸上充满了恐惧和眼泪，爬到我面前后，他嘴里呜呜叫着，十分害怕地伸手去指那个墙角。我把他抱起来，我不知道那个墙角出现了什么，使我的儿子如此恐惧，当我走到墙角，看到地毯上有一截儿子拉出来的屎，我才知道他为什么这么害怕了。

在我的记忆里，这是儿子第一次因为恐惧而哭叫，把他吓一跳的是他自己的屎。在此之前，儿子的每一次哭叫不是因为饥饿，就是哪儿不舒服了，他的哭叫只会是为了生理的原因，而这一次他终于因为心理的原因而哭泣了，他在心里感受到了恐惧，与此同时他第一次注意到了自己的排泄物，第一次接受了这个叫作"屎"的词。当我哈哈笑着告诉他发生了什么，他慢慢舒展过来的表情也在回答我：他开始似懂非懂了，他不再害怕了。

这是发自肺腑的恐惧，与来自教育的恐惧不同，来自教育的恐惧有时就是成年人的恫吓，常常是为了制止孩子的某些无理取闹，于是虚构出一些不存在的恐惧，比如我经常为了让他安静下来，告诉他："怪物来了。"他的脸上立刻就会出现肃然起敬的神情，环顾左右以后将身体缩进了我的怀里。

有一次他独自走进了厨房，看到一只从冰箱里取出来正在化冻的鸡以后，脸色古怪地回到了我的面前，轻声告诉我："有怪物。"然后小心翼翼地拉着我去看那化冻的"怪物"。我才发现他所恐惧的怪物，已经在他心里留下了固定的体积和形状，已经成为了源泉，让我的儿子源源不断地自我证实这样的恐惧，同时对他内心的成长又毫无益处。

但是那些自发的恐惧不一样，这样的恐惧他总是能够自己克服，每一次的克服都会使内心得到成长。他对世界的了解，那些真正属于自己的了解，就是在不断地恐惧和不断地克服中完成，一直到他长大成人，甚至到他白发苍苍，都会有这样的恐惧陪伴他。就像我对树梢在月光里闪烁时的恐惧，这种恐惧在我童年里就已经开始了，当我走在夜晚里，当我抬头看到树梢在月光里发出寒冷的光芒时，我就会不寒而栗，就会微微发抖。直到现在，我仍然为自己保存着这样的恐惧。

从那一次自己把自己吓了一跳以后，我注意到儿子的恐惧与日俱增。有一次我抱着他去京西宾馆看望《收获》杂志的朋友，走进电梯时他没有看到门是怎样关上的，当我们准备出去时，他的双手正在摸着电梯的门，这时电梯的门突然打开了，把他吓得转身紧紧抱住了我，小小的身体瑟瑟打抖。当我们走出电梯后，他睁大眼睛，满脸疑惑地看着电梯的门又出现了，并且是迅速地合上。他再一次转身紧紧抱住了我。对他来说，电梯的门没有打开和合上的过程，而是突然消失和突然回来，就像是神话一般，不像是现实。后来，当他会说话了，我再抱着他走进电梯时，他就显得从容不迫了，电梯的门打开时，他会说："门开啦。"走出电梯，门合上时，他会说："门关上啦。"

儿子两岁的时候，我把他带到了浙江海盐，他在爷爷和奶奶身边生活了三个月，到了年底，我去海盐把他接回北京。我们是在上海坐上飞机回来的，这是他第四次坐飞机，前面三次都是在中午的时候上的飞机，飞机起飞时他就睡着了，一直到飞机降落他才醒来。这一次情况不一样了，我们是下午四点钟的时候上的飞机，他在海盐到上海的汽车里已经睡足了，所以一进入候机楼，他就显得生机勃勃，两只手东挥西指的，让我抱着东奔西走，他随时都会改变手指的方向，我也得随时改变行走的方向。这样胡乱走了一会儿后，他看到了楼外停机坪上的飞机，于是他的手指从此以后就变得坚定不移了，他指着楼外的飞机，嘴里反复叫着"飞机"这个词语，要我立刻把他抱到飞机面前，为了增加自己的力量，他开始哭和叫。我告诉他，一次又一次地告诉他，现在还没有到上飞机的时间，他不仅没有安静下来，在哭叫里又加上了手舞足蹈。我只好把他放到地上，让他走到挡住我们的那块玻璃前，告诉他玻璃挡住了我们，我们没有办法过去。他伸手一摸，摸到了那块玻璃，当他确信我说的话是正确时，就愤怒地抬脚猛踢那块玻璃。

他在候机楼里就让我疲惫不堪了，总算等到了上飞机的时间，看到我抱着他慢慢地走近飞机，他开始安静下来，开始惊喜地看着四周的变化。我们走入了机舱，我把他放在靠窗的座位上，他两岁以后开始有自己的座位了。他坐下后又爬起来，跪在椅子上，看着窗外的另外一架飞机，激动不已，一定要我和他一起看着那一架飞机，我的加入增加了他的欢乐。

然后飞机滑行了，他扭过头来惊喜地说："飞机飞啦。"随后双手试图抓住飞机的窗沿，眼睛看着外面，嘴里兴奋地不停喊叫着："飞机飞啦，飞机飞啦……"

当飞机脱离跑道，真正飞起来时，我的儿子叶公好龙了，飞机突然拉高起飞的那一刻，恐惧也在他心里起飞了，他转身扑向了我，嘴里尖声叫起来："爸爸，不要飞机，我们走。"

飞机都飞上了天空，我的儿子却决定要下飞机了，真让我哭笑不得。我儿子又哭又叫，反复说着"不要飞机，我们走"这样的话，我告诉他这时候不要飞机已经晚了，这时候谁都不能不要飞机了，我儿子于是使劲地喊叫："救命啊，救命啊……"

我都不知道他是从哪里学来的这个词组，我第一次听到他这样喊叫就是在飞机上。他又哭又闹了十来分钟，飞机的飞行开始平稳了，他也开始安静下来，他告诉我："爸爸，裤子湿啦。"

我一摸他的裤子，才知道他刚才尿都吓出来了。他暂时忘记了飞机的事，提出了新的要求："爸爸，换裤子。"

他的衣服都放在已经托运的箱子里，我告诉他不用换了，过一会儿裤子就会自己干的，可是他一定要换裤子，并且同样以哭闹来加强他词语的力量。正当我手足无措的时候，飞机遇上气流摇摆起来，他马上就想起来自己还没有下飞机，于是又叫了起来："不要飞机，爸爸，我们走。"看到我没有站起来走的意思，他就喊叫："救命啊，救命啊……"

从上海到北京的一个半小时的飞行里，我的儿子不是要求下飞机，就是要求换裤子，而我怎么也不能令他满意，我的软硬兼施和废话连篇只能让他安静片刻。当我竭尽全力刚刚将他的注意力引开，飞机又遇上气流了，要不就是他又发现自己的裤子是湿的。我儿子哭闹的高潮是飞机在北京机场下降的时候，我看到他的眼睛里充满了恐惧，飞机的急速下降使他的恐惧急速上升，他的嗓子都嘶哑了，他仍然喊叫着："救命啊，救命啊……"

当飞机接触到了地面，开始滑行时，我提起窗盖，我告诉他："现在不是飞机了，现在是汽车了。"

他听到我的话以后，胆战心惊地转过头去，试探地看了两眼，当他看到窗外的景色在平行地滑过去时，他从记忆里唤醒了来自汽车的感受，他破涕为笑了，恐惧从他眼中消失，欢乐开始在他眼中闪亮，他惊喜地对我说："现在是汽车啦。"

一九九六年五月十四日

儿子的影子

儿子出生以后，我每天都有着实实在在的感觉，他的身体、他的声音时刻存在着，只要我睁开眼睛或者走近他，就会立刻体会到他，有时候会感到比体会自己更加真切。而且这实在的感觉每天都在变化着，随着儿子身体和声音的变化，虽然很微妙，可是十分明显。我感到有一个生命正在追随着我，我能够理解他逐渐成长的思维，就像理解自己的思维一样容易。

没多久，这个生命开始下地行走了，他摇摇晃晃地寻找着方向，他的两只手像是走钢丝的艺人那样伸开着，他一下地就学会了平衡自己身体的能力，让我感到人的很多本领都是与生俱有的。

当他真正找到行走的乐趣时，也就是说他体会到方向意味着什么时，他的行走不再是胡乱的走动，而是为了看或者为了拿，这时候他已经是一个顽皮的孩子了。

这一年的冬天，有一天晚上我们一家三口走在回家的路上，当儿子穿着厚厚的衣服在一盏盏路灯下走过去时，我们发现了他的影子，那个属于他和灯光的影子，在冬天夜晚的地上变幻莫测。那时候他还不满两岁，由于行走得十分卖力，他的两条胳膊也是尽情挥舞，再加上厚重的衣服，当他走近灯光时，我们发现他在地上的影子如同企鹅，在冰雪中摇摇摆摆的企鹅。由于灯光下角度和位置的变化，顷刻之间他的影子越来越圆，像是皮球似的滚动了一下，随即他又成为了狗熊，可能是他突然跑动起来的缘故，他的影子像狗熊一样笨拙。就这样，他的影子一会儿拉长，一会儿缩短，有时候似乎只有一条腿在行走，有时候两条胳膊突然消失了。儿子在一盏盏路灯下走过去，他影子的变化没有一次是重复的，丰富无比，似乎没有穷尽之时。

　　我感到拥有一个儿子真是快乐无比，他形象的成长和声音的变化给了我无数实实在在的快乐后，在夜晚的灯光下，他的影子又给了我很多虚幻的快乐，而且是无法重现的快乐。不像他的形象，只要我愿意，我就可以一次次地去注视他。而他的影子，那些在路灯下转瞬即逝的影子，那些美妙变幻的影子，我只能去一次次地回想。后来的日子里，我多次再见他在路灯下拖过去的影子，仍然美妙，可是我总觉得今不如昔。

　　我想起来一首诗，是很多年以前读到的，我忘记了作者是谁，也忘记了诗的题目是什么，只记得其中的三行：

　　　　我看见了一个马车夫的影子，

手里拿着一把刷子的影子，

正在刷一辆马车的影子。

　　当初我曾经被诗中奇妙的视角所吸引，如今我更能体会其中的乐趣。

　　　　　　　　　　　一九九八年二月二十三日

消费的儿子

我儿子还不满三岁，可是他每次出门，都要对我们说："我们打的吧。"

从他说这话的神态上，出门坐出租车似乎是天经地义的事，仿佛出租车是这个世界上唯一的交通工具。我记得他刚会说几句话的时候，大概也就是两岁的时候，他就经常对我们说："我不要坐公交汽车，我要坐出租汽车。"

我都不知道他是通过什么方法来区分公交车和出租车的，我只是感叹自己，感叹自己是在二十五六岁的时候，才知道有一类交通工具叫出租汽车，到三十岁才第一次坐上它，并且在很长时间里不习惯说"打的"这个词。而在我儿子那里，"打的"就是出门，就是上街，就是去玩。如此而已。

当我还在努力去适应今天的这个消费时代，我的儿子生下来就是这个时代的孩子，于是我对他的很多教育就成了张勋复辟，总是很快就失败。虽然他还不满三岁，可是对他来说，他的父亲已经是一个旧时代的产物了。

现在他经常对我说这样的话："我没见过这个东西。"他意思就是要得到这个东西。完全的消费主义的腔调，他想得到的不再是他是否需要，而是他没有的东西。尽管他现在还不明白这一点，但是以后，我想他这样的腔调只会越来越强硬。为此我有时候会感到不安，同时也是无可奈何，因为他不仅是我的儿子，同时也是这个消费时代的儿子。

一九九六年八月十一日

儿子的出生

　　我做了三十三年儿子以后，开始做上父亲了。现在我儿子漏漏已有七个多月了，我父亲有六十岁，我母亲五十八岁，我是又做儿子，又当父亲，属于承上启下，继往开来中的人。几个月来，一些朋友问我：当了父亲以后感觉怎么样？我说：很好。

　　确实很好，而且我只能这样回答，除了"很好"这个词，我不知道该怎样说。家里增加了一个人，一个很小很小的人，很小的脚丫和很小的手，我把他抱在怀里，长时间地看着他，然后告诉自己：这是我儿子，他的生命与我的生命紧密相连，他和我拥有同一个姓，他将叫我爸爸……

　　我就这样往下想，去想一切他和我相关的，直到再也想不出什么时，我又会重新开始去想刚才已经想过的。就这些所带来的幸福已让我常常陶醉，别的就不用去说了。

余华作品

我儿子是以突然袭击的方式出现的,我和妻子毫无准备。1992 年 11 月,我为了办理合同制作家去了浙江,二十天后当我回到北京,陈虹来车站接我时来晚了,我在站台上站了有十来分钟,她看到我以后边喊边跑,跑到我身旁她就累得喘不过气来,抓住我的衣服好几分钟说不出话,其实她也就是跑了四五十米。以后的几天,陈虹时常觉得很累,我以为她是病了,就上医院去检查,一检查才知道是怀孕了。

那时候我一个人站在外面吸烟,陈虹走过来告诉我:是怀孕了。陈虹那时什么表情都没有,她问我要不要这个孩子。我想了想后说:"要。"

后来我一直认为自己当初说这话时是毫不犹豫的,陈虹却一口咬定我当时犹豫不决了一会儿,其实我是想了想。有孩子了,这突然来到的事实总得让我想一想,这意味着我得往自己肩膀上压点什么,我生活中突然增加了什么。这很重要,我不可能什么都不想,就说要。

我儿子最先给我们带来的乐趣,是从医院出来回家的路上,我和陈虹走在寒风里,在冬天荒凉的景色里,我们内心充满欢乐。我们无数次在那条街道上走过,这一次完全不一样,这一次是三条生命走在一起,这是奇妙的体验,我们一点都感觉不到冬天的寒风。

接下来就是五个月的时候,有一天陈虹突然告诉我孩子在里面动了。我已经忘了那时在干什么,但我记得自己是又惊又喜,当我的手摸到我儿子最初的胎动时,我感到是被他踢了一脚,其实只是轻轻地碰了一下，我却感到这孩子很有劲，并且为此而得意洋洋。从这一刻起，我作为父亲的感受得到了进一步的证明，我真正意识到儿子作为一个生命存在了。

我的儿子在踢我。这是幸福的想法，他是在告诉我他的生命在行动，在扩展，在强大起来。现在我儿子七个多月了，他挥动着小手和比小手大一点的小脚，只要我一凑近他，他就使劲抓我的脸，我的脸常常被他抓破，即便如此，我还是常常将脸凑过去，因为我儿子是在了解世界，他要触摸实物，有时是玩具，有时是自己的衣服，有时就应该是他父亲的脸。

然后就是出生了。孩子没有生在北京，而是生在我的老家浙江海盐。我的父母都是医生，他们希望我和陈虹回浙江去生孩子。我儿子是 1993 年 8 月 27 日出生的，是剖腹产，出生的日子是我父亲选定的，他问我和陈虹："27 日怎么样？"

我们说："行。"

陈虹上午八点半左右进了手术室，我在下面我父亲的值班室里等着，我将一张旧报纸看了又看，我一点都不担心，因为作为医生我的父母都在手术室里，他们恭候着孙儿的来临。我只是感到有些无所事事，就反复想想自己马上就要成为父亲了，我觉得这是一个有趣的事实，当然我更关心的是我儿子是什么模样。到了九点半，我听到我父亲在喊叫我，我一下子激动了，跑到外面看到父亲，他大声对我说："生啦，是男孩，孩子很好，陈虹也很好。"

我父亲说完又回到手术室里去了，我一个人在手术室外面走

　　　　　　　　　　　　　　　| 余华作品

来走去，孩子出生之前我倒是很平静，一旦知道孩子已经来到世上，并且一切都好后，我反倒坐立不安了。过了一会儿，我母亲将孩子抱了出来，我母亲一边走过来一边说："太漂亮了，这孩子太漂亮了。"

我看到了我的儿子，刚从他母亲子宫里出来的儿子，穿着他祖母几天前为他准备的浅蓝色条纹的小衣服，睡在襁褓里，露出两只小手和小脸。我儿子的皮肤看上去嫩白嫩白的，上面像是有一层白色的粉末，头发是湿的，粘在一起，显得乌黑发亮，他闭着眼睛在睡觉。一个护士让我抱抱他，我想抱他，可是我不敢，他是那么的小，我怕把他抱坏了。

那天上午阳光灿烂，从手术室到妇产科要经过一条胡同，当护士抱着他下楼时，我害怕阳光了，害怕阳光会刺伤我儿子的眼睛。有趣的是当护士抱着我儿子出现在胡同里时，阳光刚好被云彩挡住了。就是这样，胡同里的光线依然很明亮，我站在三层楼上，看到我儿子被抱过胡同时，眼睛皱了起来，这是我看到自己儿子所出现的第一个动作。虽然很多人说孩子出生的第一月里是没有听觉和视觉的，但我坚信我儿子在经过胡同时已经有了对光的感觉。

儿子被护士抱走后，我又是一个人站在手术室外面，等着陈虹被送出来，我在那里走来走去，这时我的感觉与儿子出生前完全不一样，我实实在在地感到自己是父亲了，一想到自己是父亲了，想到儿子是那么的小，才刚刚出生，我就一个人嘿嘿地笑。

我儿子在婴儿室里躺了两天，我一天得去五六次，他和别的婴儿躺在一起，浑身通红，有几次别的婴儿哇哇哭的时候，他一个人睡得很安详，有时别的婴儿睡的时候，他一个人在哭。为此我十分得意，我告诉陈虹：这孩子与众不同。

我父亲告诉我，这孩子是屁股先出来的，出来时一只眼睛睁着、另一只眼睛闭着，刚一出来就拉屎撒尿了。然后医生将他倒过来，在他背上拍了几下，他哇地哭了起来，他的肺张开了。

陈虹后来对我说，她当初听到儿子第一声哭声时，感到整个世界变了。陈虹从手术室里出来时脸上挂着微笑，我俯下身去轻声告诉她我们的儿子有多好，她那时还在麻醉之中，还不觉得疼，听到我的话她还是微笑，我记得自己说了很多感谢的话，感谢她为我生了一个很好的儿子。

其实在知道陈虹怀的是男孩以前，我一直希望是女儿，而陈虹则更愿意是男孩。所以我认准了是女孩，而陈虹则肯定自己怀的是儿子。这样一来，我叫孩子为女儿，陈虹一声一声地叫儿子。我给孩子取了一个小名，叫漏漏。这一点上我们意见一致，因为我们并没有具体的要孩子的计划，他就突然来了。我说这是一条漏网之鱼，就叫他漏漏吧。

漏漏没有进行胎教，我和陈虹跑了几个书店，没看到胎教音乐、也没看到胎教方面的书籍。事情就是这样怪，想买什么时往往买不到，现在漏漏七个多月了，我一上街就会看到胎教方面的书籍和音乐盒带。另一方面我对胎教的质量也有些怀疑，倒不是怀疑它的科学性，现在的人只管赚钱，很少有人把它作为事业来从事。

所以我就自己来教，陈虹怀孕三四个月之间，我一口气给漏漏上了四节胎教课，第一节是数学课，我告诉他：1＋1＝2；第二节是语文课，我说：你是我儿子，我是你父亲；第三节是音乐课，我唱了一首歌的开始和结尾两句；第四节是政治课，是关于波黑局势的。四节课加起来不超过五分钟，其结果是让陈虹笑疼了肚子，至于对漏漏后来的智力发展有无影响我就不敢保证了。

　　陈虹怀漏漏期间，我们一直住在一间九平米的平房里，三个大书柜加上写字台已经将房间占去了一半，屋内只能支一张单人床，两个人挤一张小床，睡久了都觉得腰酸背疼。有了漏漏以后，就是三个人挤在一起睡了，整整九个月，陈虹差不多都是向左侧身睡的，所以漏漏的位置是横着的，还不是臀位。臀位顺产就很危险，横位只能是剖腹产。

　　漏漏八月下旬出生，我们是八月二日才离开北京去浙江，这个时候动身是非常危险了，我在北京让一些具体事务给拖住，等到动身时真有点心惊肉跳，要不是陈虹自我感觉很好，她坚信自己会顺利到达浙江，我们就不会离开北京。

　　陈虹的信心来自于还未出世的漏漏，她坚信漏漏不会轻易出来，因为漏漏爱他的妈妈，漏漏不会让他妈妈承受生命的危险。陈虹的信心也使我多少有些放心，临行前我让陈虹坐在床上，我坐在一把儿童的塑料椅子里，和漏漏进行了一次很认真的谈话，这是我第一次以父亲的身份和未出世的儿子说话。具体说些什么记不清了，全部的意思就是让漏漏挺住，一直要挺回到浙江家中，别在中途离开他的阵地。

这是对漏漏的要求，要求他做到这一点，自然我也使用了贿赂的手段，我告诉他，如果他挺住了，那么在他七岁以前，无论他多么调皮捣蛋，我也不会揍他。

漏漏是挺过来了，至于我会不会遵守诺言，在漏漏七岁以前不揍他，这就难说了。我的保证是七年，不是七天，七年时间实在有些长。儿子出生以后，给他想个名字成了难事。以前给朋友的孩子想名字，一分钟可以想出三四个来，给自己作品中的人物取个名字，也是写到该有名字的时候立刻想一个。轮到给自己儿子取个名字，就不容易了，怎么都想不好，整天拿着本《辞海》翻来看去，我父亲说干脆叫余辞海吧，全有了。

漏漏取名叫余海果，这名字是陈虹想的，陈虹刚告诉我的时候，我看一眼就给否定了。过了两天，当家里人都在午睡时，我将余海果这三个字写在一个白盒子上，看着看着觉得很舒服，嘴里叫了几声也很上口，慢慢地我越来越喜欢这个名字了，等到陈虹午睡醒来，我已经非这名字不可了。我对陈虹说："就叫余海果。"

儿子出生了，名字也有了，我做父亲的感受也是越来越突出，我告诉自己要去挣钱，要养家糊口，要去干这干那，因为我是父亲了，我有了一个儿子。其实做父亲最为突出的感受就是：我有一个儿子了。这个还不会说话，经常咧着没牙的嘴大笑的孩子，是我的儿子。

一九九四年二月

父子之战

我对我儿子最早的惩罚是提高自己的声音,那时他还不满两岁,当他意识到我不是在说话,而是在喊叫时,他就明白自己处于不利的位置了,于是睁大了惊恐的眼睛,仔细观察着我进一步的行为。当他过了两岁以后,我的喊叫渐渐失去了作用,他最多只是吓一跳,随即就若无其事了。我开始增加惩罚的筹码,将他抱进了卫生间,狭小的空间使他害怕,他会在卫生间里"哇哇"大哭,然后就是不断地认错。这样的惩罚没有持续多久,他就习惯卫生间的环境了,他不再哭叫,而是在里面唱起了歌,他卖力地向我传达这样的信号——我在这里很快乐。接下去我只能将他抱到了屋外,当门一下子被关上后,他发现自己面对的空间不是太小,而是太大时,他重新唤醒了自己的惊恐,他的反应就像是刚进卫生间时那样,嚎啕大哭。可是随着抱他到屋外次数的增加,他的哭声也消失了，他学会了如何让自己安安静静地坐在楼梯上，这样反而让我惊恐不安，他的无声无息使我不知道外面发生了什么，我开始担心他会出事，于是我只能立刻终止自己的惩罚，开门请他回来。当我儿子接近四岁的时候，他知道反抗了，有几次我刚把他抱到门外，他下地之后以难以置信的速度跑回了屋内，并且关上了门。他把我关到了屋外。现在，他已经五岁了，而我对他的惩罚黔驴技穷以后，只能启动最原始的程序，动手揍他了。就在昨天，当他意识到我可能要惩罚他时，他像一个小无赖一样在房间里走来走去，高声说着："爸爸，我等着你来揍我！"

我注意到我儿子现在对付我的手段，很像我小时候对付自己的父亲。儿子总是不断地学会如何更有效地去对付父亲，让父亲越来越感到自己无可奈何；让父亲意识到自己的胜利其实是短暂的，而失败才是持久的；儿子瓦解父亲惩罚的过程，其实也在瓦解着父亲的权威。人生就像是战争，即便父子之间也同样如此。当儿子长大成人时，父子之战才有可能结束。不过另一场战争开始了，当上了父亲的儿子将会去品尝作为父亲的不断失败，而且是漫长的失败。

我不知道自己五岁以前是如何与父亲作战的，我的记忆省略了那时候的所有战役。我记得最早的成功例子是装病，那时候我已经上小学了，我意识到父亲和我之间的美妙关系，也就是说父亲是我的亲人，即便我伤天害理，他也不会置我于死地。我最早的装病是从一个愚蠢的想法开始的，现在我已经忘记了究竟是什么原因促使我装病，我所能记得的是自己假装发烧了，而且这样去告诉父亲，父亲听完我对自己疾病的陈述后，第一个反应——几乎是不假思索的反应就是将他的手伸过来，贴在了我的额头上。那时我才想起来自己犯了一个致命的错误，我竟然忘记了父亲是医生，我心想完蛋了，我不仅逃脱不了前面的惩罚，还将面对新的惩罚。幸运的是我竟然蒙混过关了，当我父亲洞察秋毫的手意识到我什么病都没有的时候，他没有去想我是否在欺骗他，而是对我整天不活动表示了极大的不满，他怒气冲冲地训斥我，警告我不能整天在家里坐着或者躺着，应该到外面去跑一跑，哪怕是晒一晒太阳也好。接下去他明确告诉我，我什么病都没有，我的病是我不爱活动，然后他让我出门去，爱干什么就干什么，两个小时以后再回来。我父亲的怒气因为对我身体的关心一下子转移了方向，使他忘记了我刚才的过错和他正在进行中的惩罚，突然给予了我一个无罪释放的最终决定。我立刻逃之夭夭，然后在一个很远的安全之处站住脚，满头大汗地思索着刚才的阴差阳错，思索的结果是以后不管出现什么危急的情况，我也不能假装发烧了。

于是，我有关疾病的表演深入到了身体内部，在那么一两年的时间里，我经常假装肚子疼，确实起到了作用。由于我小时候对食物过于挑剔，所以我经常便秘，这在很大程度上为我的肚子疼找到了借口。每当我做错了什么事，我意识到父亲的脸正在沉下来的时候，我的肚子就会疼起来。刚开始的时候我还能体会到自己是在装疼，后来竟然变成了条件反射，只要父亲一生气，我的肚子立刻会疼，连我自己都分不清是真是假。不过这对我来说已经不重要了，重要的是我父亲的反应，那时候我父亲的生气总会一下子转移到我对食物的选择上来，警告我如果继续这样什么都不爱吃的话，我面临的就不仅仅是便秘了，就连身体和大脑的成长都会深受其害。又是对我身体的关心使他忘记了应该对我做出的惩罚，尽管他显得更加气愤，可是这类气愤由于性质的改变，我能够十分轻松地去承受。

这似乎是父子之战时永恒的主题，父与子之间存在着的那一层隐秘的和不可分割的关系，那种仿佛是抽刀断水水更流的关系，其实是父子间真正的基础，就像是河流里的河床那样，不会改变。很多年过去了，当我开始写作以后，我父亲对我写下的每一篇故事，都是反复地阅读，这几乎是他一生里最为认真的阅读经历了。当我出版一部新作，给他寄出后，他就会连续半个月天天去医院的传达室等候我的书，而且几乎每天都给我打电话，对我的书迟迟未到显得急躁不安。我父亲这样的情感其实在我小时候就已经充分显露了，从而使我经常可以逃脱他的惩罚。

我装病的伎俩逐渐变本加厉，到后来不再是为了逃脱父亲的惩罚，而且为摆脱扫地或者拖地板这样的家务活而装病了。有一次我弄巧成拙了，当我声称自己肚子疼的时候，我父亲的手摸到了我的右下腹，他问我是不是这个地方，我连连点头，然后父亲又问我是不是胸口先疼，我仍然点头，接下去父亲完全是按照阑尾炎的病状询问我，而我一律点头。其实那时候我自己也弄不清是真疼还是假疼了，只是觉得父亲有力的手压到哪里，哪里就疼。然后，在这一天的晚上，我躺到了医院的手术台上，两个护士将我的手脚绑在了手术台上。当时我心里充满了迷惘，父亲坚定的神态使我觉得自己可能是阑尾炎发作了，可是我又想到自己最开始只是假装疼痛而已，尽管后来父亲的手压上来的时候真的有点疼痛。我的脑子转来转去，不知道如何去应付接下去将要发生的事，我记得自己十分软弱地说了一声：我现在不疼了。我希望他们会放弃已经准备就绪的手术，可是他们谁都没有理睬我。那时候我母亲是手术室的护士长，我记得她将一块布盖在了我的脸上，在我嘴的地方有一个口子，然后发苦的粉末倒进了我的嘴里，没多久我就什么都不知道了。

等到我醒来的时候，我已经睡在家里的床上了，我感到哥哥的头钻进了我的被窝，又立刻缩了出去，连声喊叫着："他放屁啦，臭死啦。"然后我看到父母站在床前，他们因为我哥哥刚才的喊叫而笑了起来。就这样，我的阑尾被割掉了，而且当我还没有从麻醉里醒来时，我就已经放屁了，这意味着手术很成功，我很快就会康复。很多年以后，我曾经询问过父亲，他打开我的肚子后看到的阑尾是不是应该切掉。我父亲告诉我应该切掉，因为我当时的阑尾有点红肿。我心想"有点红肿"是什么意思，尽管父亲承认吃药也能够治好这"有点红肿"，可他坚持认为手术是最为正确的方案。因为对那个时代的外科医生来说，不仅是"有点红肿"的阑尾应该切掉，就是完全健康的阑尾也不应该保留。我的看法和父亲不一样，我认为这是自食其果。

一九九九年一月三十一日

医院里的童年

我童年的岁月在医院里。我的父亲是一位外科医生，母亲是内科医生。我没有见到过我的祖父和祖母，他们在我出生前就去世了，而我的外公和外婆则居住在另外的城市。在我的记忆里，外婆从来没有来过我们的县城，只有外公隔上一两年来看望我们一次。我们这一代人有一点比较类似，那就是父母都在忙于工作，而祖辈们则在家清闲着，于是他们理所当然地照看起了孩子，可是我没有这样的经历。对我来说，外公和外婆的存在，主要是每个月初父母领工资时，母亲都要父亲给外公他们寄一笔钱。这时候我才会提醒自己：我还有外公和外婆，他们住在绍兴。

与我的很多同龄人不一样，我和我哥哥没有拉着祖辈们的衣角成长，而是在医院里到处乱窜，于是我喜欢上了病区走廊上的来苏儿的气味，而且学会了用酒精棉球擦洗自己的手。我经常看到父亲手术服上沾满血迹地走过来，对我看上一眼，又匆匆走去，繁忙的工作都使他不愿意站住脚和我说上一两句话。这方面我母亲要好些，当我从她的内科门诊室前走过时，有时候她会叫住我，没有病人的时候我还可以在她身边坐上一会儿。

那时候我还没有上小学，我记得一座木桥将我父母工作的医院隔成两半，河的南岸是住院部，门诊部在河的北岸，医院的食堂和门诊在一起。夏天的傍晚，我父亲和他的同事们有时会坐在桥栏上聊天。那是一座有人走过来就会微微晃动的木桥，我看着父亲的身体也在晃动，这情景曾经让我胆战心惊，不过夏季时晚霞让河水泛红的景色至今令我难忘。我记得自己经常站在那里，双手抓住桥栏看着下面流动的河水，我在河水里看到了天空如何从明亮走向黑暗的历程。

我清楚地记得有一天我父亲上班时让我跟在他的身后，他在前面大步流星地走着，而我必须用跑步的速度才能跟上他。到了医院的门诊部，他借了医院里唯一的一辆自行车，让我坐在前面，他骑着自行车穿过木桥，在住院部转了一圈，又从木桥上回到了门诊部，将车送还以后，他就走进了手术室，而我继续着日复一日的在医院里的游荡生活。

这是我童年里为数不多的奢侈的享受，原因是有一次我吃惊地看到父亲骑着自行车出现在街上，我的哥哥就坐在后座上，这情景使我伤心欲绝，我感到自己被抛弃了，是被幸福抛弃。我不知道自己流出了多少眼泪，提出了多少次的请求，最后又不知道等待了多少日子，才终于获得那美好的时刻。当自行车从桥上的木板驶过去时，发出了嘎吱嘎吱的响声，这响声让我回味无穷，能让我从梦中笑醒。

在医院游荡的时候，我和我的哥哥经常在手术室外活动，因为那里有一块很大的空地，阳光灿烂的时候总是晾满了床单，我们喜欢在床单之间奔跑，让潮湿的床单打在我们脸上。这也是我童年经常见到血的时候，我父亲每次从手术室出来时，身上都是血迹斑斑，即使是口罩和手术帽也都难以幸免。而且手术室的护士几乎每天都会从里面提出一桶血肉模糊的东西，将它们倒进不远处的厕所里。

有一次我们偷了手术室的记事本，那是一本硬皮的记事本，我们并不知道它的重要，只是因为喜欢它坚硬的封皮，就据为己有。那时候的人生阅历已经让我们明白不能将它拿回家，于是我们在手术室外撬开了一块铺地砖，将记事本藏在了下面。结果引起了手术室一片混乱，他们在一夜之间失去了一年的记录，有几天他们翻箱倒柜地寻找，我哥哥也加入了进去，装模作样地和他们一起寻找。我哥哥积极的表现毫无用处，当他们意识到无法找回记事本时，就自然地怀疑起整日在那里游手好闲的我们。

于是审问开始了，他们先从我哥哥那里下手，我哥哥那时候已经知道问题有多么严重了，所以他坚决否认，一副宁死不屈的模样。接下来就轮到我了，他们叫来了我们的母亲，让她坐在我的身边，手术室的护士长说几句话就会去看我的母亲，我母亲也就跟着她的意思说。有几次我差点要招供了，因为那个平时很少理睬我们的护士长把我捧上了天，她说我聪明、懂事、听话、漂亮，凡是她想起来的赞美之词全部用上了，我从来没有一下子听到这么多甜蜜的恭维，我被感动得眼泪汪汪，而且我母亲的神态似乎也在鼓励我说出真相。如果不是我哥哥站在一旁凶狠地看着我，我肯定抵挡不住了，我实在是害怕我哥哥对我秋后算账。

后来，他们很快忘记了那个记事本，就是我们这两个小偷也忘记了它，我想它很可能在那块正方的地砖下面腐烂了，融入到泥土之中。当那个护士长无可奈何地站起来时，我看到自己的母亲松了一口气，这情景时隔三十多年以后，在我眼前依然栩栩如生。

"文革"开始后，手术室外面的空地上搭起了一个礼堂一样大的草棚，医院所有的批斗会都在草棚里进行，可是这草棚搭起来没多久就被我们放了一把火烧掉了。我们在草棚旁玩消防队救火的游戏，我哥哥划一根火柴点燃草棚的稻草，我立刻用尿将火冲灭。可是我们忘记了自己的尿无法和消防队的水龙头相比，它可以源源不断，而我们的尿却无法接二连三。当我哥哥第二次将草棚点燃，吼叫着让我快撒尿时，我只能对他苦笑了。

星星之火，可以燎原。当火势熊熊而起时，我哥哥拔腿就跑，我却站在那里不知所措，我看着医院里的人纷纷跑了出来，我父亲提着一桶水冲在最前面，我立刻跑过去对我父亲说：这火是我哥哥放的。

我意思是想说这火不是我放的，我的声音十分响亮，在场的人都听到了。当时我父亲只是嗯了一声，随后就从我身旁跑了过去。后来我才知道当初的那句话对我父亲意味着什么，那时候他正在被批斗，好不容易遇上一个救火当英雄的机会，结果一个混小子迎上去拦住他，说了这么一句足以使他萌生死意的话。

我母亲将我和我哥哥寄住到他们的一位同事家中，我们在别人的家中生活了近一个月。这其间我父亲历尽磨难，就是在城里电影院开的批斗会上，他不知道痛哭流涕了多少次，他像祥林嫂似的不断表白自己，希望别人能够相信他，我们放的那把火不是他指使的。

一个月以后，母亲将我们带回家。一进家门，我们看到父亲穿着衣服躺在床上，母亲让我们坐在自己床上，然后走过去对父亲说：他们来了。我父亲答应了一声后，坐起来，下了床，他提着一把扫帚走到我们面前，先让我哥哥脱了裤子扑在床上，然后是我。我父亲用扫把将我们的屁股揍得像天上的彩虹一样五颜六色，使我们很长时间都没法在椅子上坐下来。

从此，我和我哥哥名声显赫起来，县城里几乎所有的孩子都知道向阳弄里住着两个纵火犯。而且我们的形象上了大字报，以此告诫孩子们不要玩火。我看到过大字报上的漫画，我知道那个年龄小的就是我，我被画得极其丑陋，当时我不知道漫画和真人不一样，我以为自己真的就是那么一副嘴脸，使我在很长时间里都深感自卑。

我读小学以后，我们家搬进了医院的宿舍楼，宿舍就建立在我们的纵火之地，当时手术室已经搬走，原先的平房改成了医院总务处和供血室，同时又在我家对面盖了一幢小房子，将它作为太平间，和厕所为邻。

后来的日子，我几乎是在哭泣声中成长。那些因病逝去的人，在他们的身体被火化之前，都会在我窗户对面的太平间里躺上一晚，就像漫漫旅途中的客栈，太平间以无声的姿态接待了那些由生向死的匆匆过客，而死者亲属的哭叫声只有他们自己可以听到。

当然我也听到了。我在无数个夜晚里突然醒来，聆听那些失去亲人以后的悲痛之声。居住在医院宿舍的那十年里，可以说我听到了这个世界上最为丰富的哭声，什么样的声音都有，到后来让我感到那已经不是哭声，尤其是黎明来临时，哭泣者的声音显得漫长持久，而且感动人心。我觉得哭声里充满了难以言传的亲切，那种疼痛无比的亲切。有一段时间，我曾经认为这是世界上最为动人的歌谣。

就是那时候我发现，很多人都是在黑夜里逝去的。白天的时候，我上厕所经常从太平间的门口走过，我看到里面只有一张水泥床，显得干净整洁。有时候我会站在自己的窗口，看着对面那一间有些神秘的小屋，它在几棵茂盛的大树下。

那时夏天的炎热难以忍受，我经常在午睡醒来时，看到草席上汗水浸出来的自己的体形，有时汗水都能将自己的皮肤泡白了。于是有一次我走进了对面的太平间，我第一次发现太平间里极其凉爽，我在那张干净的水泥床上躺了下来。在那个炎热的中午，我感受的却是无比的清凉，它对于我不是死亡，而是幸福和美好的生活。后来，我读到了海涅的诗句，他说："死亡是凉爽的夜晚。"

　　长大成人以后，我读到过很多回忆录，我注意到很多人的童年都是在祖父或者外婆们的身旁度过的，而我全部的童年都在医院里，我感到医院养育和教导了我，它就是我出生前已经逝去的祖父和祖母，就是我那在"文革"中逝去的外公，就是十来年前逝去的外婆。如今，那座医院也已经面目全非，我童年的医院也已经逝去了。

一九九八年五月二十六日

麦田里

我在南方长大成人，一年四季、一日三餐的食物都是大米，由于很少吃包子和饺子，这类食物就经常和节日有点关系了。小时候，当我看到外科医生的父亲手里提着一块猪肉，捧着一袋面粉走回家来时，我就知道这一天是什么日子了。我小时候有很多节日，五月一日是劳动节，六月一日是儿童节，七月一日是共产党的生日，八月一日是共产党军队的生日，十月一日是共产党中国的生日，还有元旦和春节，因为我父亲是北方人，这些日子我就能吃到包子或者饺子。

那时候我家在一个名叫武原的小镇上，我在窗前可以看到一片片的稻田，同时也能够看到一小片的麦田，它在稻田的包围中。这是我小时候见到的绝无仅有的一片麦田，也是我最热爱的地方。我曾经在这片麦田的中央做过一张床，是将正在生长中的麦子踩倒后做成的，夏天的时候我时常独自一人躺在那里。我没有在稻田的中央做一张床是因为稻田里有水，就是没有水也是泥泞不堪，而麦田的地上总是干的。

那地方同时也成了我躲避父亲追打的乐园，不知为何我经常在午饭前让父亲生气，当我看到他举起拳头时，立刻夺门而逃，跑到了我的麦田，躺在麦子之上，忍受着饥饿去想象那些美味无比的包子和饺子，那些咬一口就会流出肉汁的包子和饺子，它们就是我身旁的麦子做成的。这些我平时很少能够吃到的，在我饥饿时的想象里成为了信手拈来的食物。而对不远处的稻田里的稻子，我知道它们会成为热气腾腾的米饭，可是虽然我饥肠辘辘，对它们仍然不屑一顾。

我一直那么躺着，并且会进入梦乡，等我睡一觉醒来时，经常是傍晚了，我就会听到父亲的喊叫，父亲到处在寻找我，他喊叫的声音随着天色逐渐暗淡下来变得越来越焦急。这时候我才偷偷爬出麦田，站在田埂上放声大哭，让父亲听到我和看到我，然后等父亲走到我身旁，我确定他不再生气后，我就会伤心欲绝地提出要求，我说我不想吃米饭，我想吃包子。

我父亲每一次都满足了我的要求，他会让我爬到他的背上，让我把眼泪流在他的脖子上，让饥饿使我胃里有一种空洞的疼痛时，父亲将我背到了镇上的点心店，使我饱尝了包子或者饺子的美味。

后来我父亲发现了我的藏身之处。那一次还没有到傍晚，他在田间的小路上走来走去，怒气冲冲地喊叫着我的名字，威胁着我，说如果我再不出去的话，他就会永远不让我回家。当时我就躺在麦田里，我一点都不害怕，我知道父亲不会发现我。虽然他那时候怒气十足，可是等到天色黑下来以后，他就会怒气全消，就会焦急不安，然后就会让我去吃上一顿包子。

让我倒霉的是，一个农民从我父亲身旁走过去了，他在田埂上看到麦田里有一块麦子倒下了，他就在嘴里抱怨着麦田里的麦子被一个王八蛋给踩倒了，他骂骂咧咧地走过去，他的话提醒了我的父亲，这位外科医生立刻知道他的儿子身藏何处了。于是我被父亲从麦田里揪了出来，那时候还是下午，天还没有黑，我父亲也还怒火未消，所以那一次我没有像往常那样因祸得福地饱尝了一顿包子，而是饱尝了皮肉之苦。

一九九八年二月二十三日

土 地

　　我觉得土地是一个充实的令人感激的形象，比如是一个祖父，是我们的老爷子。这个历尽沧桑的老人懂得真正的沉默，任何惊喜和忧伤都不会打动他。他知道一切，可是他什么都不说，只是看着，看着日出和日落，看着四季的转换，看着我们的出生和死去。我们之间的相爱和勾心斗角，对他来说都是一回事。

　　大约是在四五岁的时候，我离开了杭州，跟随父母来到一个名叫海盐的小县城。我在一条弄堂的底端一住就是十多年，县城弄堂的末尾事实上就是农村了。我的童年和少年时期，在那块有着很多池塘、春天开放着油菜花、夏天里满是蛙声的土地上，干了很多神秘的已经让我想不起来的坏事，偶尔也做过一些好事。

　　回忆使我看到了过去的炊烟，从农舍的屋顶出发，缓慢地汇入到傍晚宁静的霞光里。田野在细雨中的影像最为感人，那时候

　　　　　　　　　　　　　　　　　　　　　　　　　| 余华作品

它不再空旷，弥漫开来的雾气不知为何让人十分温暖。我特别喜欢黄昏收工时农民的吆喝，几头被迫离开池塘的水牛，走上了狭窄的田埂。还有来自蔬菜地的淡淡的粪味，这南方农村潮湿的气息，对我来说就是土地的清香。

这就是土地给予我，一个孩子的最初的礼物。它向我敞开胸膛，让我在上面游荡时感到踏实，感到它时刻都在支撑着我。

我童年伙伴里有许多农村孩子，他们最突出的形象是挎着割草篮子在田野里奔跑，而我那时候是房屋的囚徒。父母去上班以后，就把我和哥哥反锁在屋里，我们只能羡慕地趴在楼上的窗口，眺望那些在土地上施展自由的孩子，他们时常跑到楼下来和我们对话，他们最关心的是在楼上究竟能望多远，我哥哥那时已经懂得如何炫耀自己，他告诉他们能望到大海。那些楼下的孩子个个目瞪口呆，谎言使我哥哥体会到了自己的优越。然而当他们离去时，他们黝黑的身体在夏天的阳光里摇摇晃晃，嫉妒就笼罩了哥哥和我。那些农村孩子赤裸的脚和土地是那么和谐。

后来我到了上学的年龄，就开始有机会和他们一起玩耍。那时候的农民都没有锁门的习惯，他们的孩子成为了我的朋友以后，我就可以大模大样地在他们的屋子里走进走出，屋中有没有人对我来说无所谓。我可以随便揭开他们的锅盖，看看里面有没有年糕之类的食物，或者在某个角落拿一个西红柿什么的。当然更多的时候我是挎着一个割草篮子，追随着他们。他们中间有一个年龄稍大的，好像比我哥哥大一岁，他叫什么名字我已经忘了，只记得他很会吹牛。我印象最深的一次，是他说他父母结婚时，他吃了满满一篮子糖果。当时我们几个年龄小的，都被他骗得瞠目结舌。后来是几个年龄大的孩子揭穿了他，向他指出那时候他还没有出生呢，他只是嘿嘿一笑，一点也不惭愧。这个家伙有一次穿着一条花短裤，那色彩和条纹和我母亲当时的一条短裤一模一样，当我正要这样告诉他时，哥哥捂住了我的嘴，比我大两岁的哥哥已经知道我要说什么，过了一会儿他悄悄告诉我，如果我刚才说出那句话，他们就会说我母亲的下流话，当时我心里是一阵阵地紧张。

那个爱吹牛的孩子很早就死去了，是被他父亲一拳打死的。当时他正靠墙站着，他父亲一拳打在他的脖子上，打断了颈动脉。当场就死了。这事在当时很出名，我父亲说他如果不是靠墙站着，就不会死去，因为他在空地上摔倒时会缓冲一下。父亲的话对我很起作用，此后每当父亲发怒时，我赶紧站到屋子中央，免得也被一拳打死。他家弟兄姐妹有六个，他排行第四。所以他死后，他的家人也不是十分悲伤，他们更多的是感叹他父亲的倒霉，他父亲为此蹲了两年的监狱。他被潦草地埋在一个池塘旁，坟堆不高，从我家楼上的窗口可以清楚地看到。很长时间里，他都作为吓唬人的工具被我们这些孩子利用。我哥哥常常在睡觉时悄声告诉我，说他的眼睛正挂在我家黑暗的窗户上，吓得我用被子蒙住头不敢出气。有时候在晚上，我会鼓起勇气偷偷看一眼他的坟堆，我觉得他的坟还不是最可怕的，吓人的是坟旁一棵榆树，树梢在月光里锋利地抖动，这才是真正的可怕。几年以后，他的坟消失了，他被土地完全吸收以后，我们也就完全忘记了他。

当时住在弄堂里的城镇孩子，常和这些农村的孩子发生争吵。我们当时小小的年龄就已经明白了自己是城里人，还是乡下人；知道自己为什么优越，为什么自卑。弄堂里的孩子和农村的孩子集体斗殴是经常发生的。有一次我站到了农村孩子一边，我哥哥就叫我叛徒。我和那些农村孩子经常躲在稻浪里，密谋当然也包括我的哥哥，袭击自己哥哥的方案是最让我苦恼的。我之所以投奔他们，背叛自己弄堂里的同类，是因为他们重视我，我小小的自尊心会得到很大的满足。如果我站到弄堂里的孩子一边，年龄的劣势只能让我做一个小走卒。

我的行为给我带来了一个凄凉的夜晚，当时弄堂里为首的一个大孩子叫刘继生，他能吹出迷人的笛声，他经常坐在窗口吹出卖梨膏糖的声音，我们这些馋嘴的孩子上当后拼命奔跑过去，看到的是他坐在窗前哈哈大笑。他十八岁那年得黄疸肝炎死去了。他家院子里种着葡萄，那一年夏天的晚上，弄堂里的很多孩子都坐在葡萄架下，他母亲给他们每人一串葡萄，我哥哥也坐在那里。我因为背叛了他们，便被拒绝在门外。我一个人坐在外面的泥地上，听着他们在里面说话和吃葡萄。我的那些农村盟友不知都跑哪儿去了，我孤单一人，在月光下独自凄凉。

我八岁的时候，曾经有过一次冒险的远足。一个比我大几岁的农村孩子，动身去看他刚刚死去的外祖父。他可能是觉得路上一个人太孤单，所以就叫上在夏天中午里闲逛的我。他骗我只有很近的路，就是马上就能回来，我就跟着他去了。我们在烈日下走了足足有三个小时，这个家伙一路上反复说：就在前面拐弯那地方。可是每次拐了弯以后他仍然这么说，把我累得筋疲力尽，最后到那地方时恰恰不用拐弯了。他一到那地方就不管我了，我问他什么时候回去，他说是明天。这使我非常紧张，我迅速联想到父母对我的惩罚。我缠着他，硬要他立刻带我回去，他干脆就不理我。于是在一个我完全陌生的老人下葬时，我嚎啕大哭，哭得比谁都要伤心。后来是他的一个表哥，大约十六七岁，送我回了家。我记得他有一张瘦削的脸，似乎很白净，路上他不停地和我说话，他笑的样子使我当时很崇拜。他详细告诉我夜晚如何到竹林里去捕麻雀，他那时在我眼中已经是一个成年人了。我从来没有和一个成年人如此亲密地说话，所以我非常喜欢他。那天回到家中时天都黑了，一进家门我就淹没在父母的训斥之中，害怕使我忘记了一切。一直到第二天清晨醒来后，我才又想起他。他送我回家后，都没有跨进我的家门，我也不知道他是什么时候离开的。

那一天是我第一次看到什么是葬礼。那个死去的老人的脸上被一种劣质的颜料涂抹后，使死者的脸显得十分古怪。他没有躺在棺材里，而是被一根绳子固定在两根竹竿上，面向耀眼的天空，去的地方则是土地。人们把他放在一个事先挖好的坑中，然后盖上了泥土。就像我有一次偷了父亲的放大镜，挖个坑放进去盖上泥土一样。土地可以接受各种不同的东西，在那个夏日里，这个老人生前无论是作恶多端，还是广行善事，土地都是同样沉默地迎接了他。

一九九二年三月十二日

余华作品

包子和饺子

在我小时候，包子和饺子都是属于奢侈的食物，只有在逢年过节时才有希望吃到。那时候，我还年轻的父亲手里捧着一袋面粉回家时，总喜欢大叫一声："面粉来啦！"这是我童年记忆里最为美好的声音。

然后，我父亲用肥皂将脸盆洗干净，把面粉倒入脸盆，再加上水，他就开始用力地揉起了面粉。我的工作就是使劲地按住脸盆，让它不要被父亲的力气掀翻。我父亲高大强壮，他揉面粉时显得十分有力，我就是使出全身的力气按住脸盆，脸盆仍然在桌上不停地跳动，将桌子拍得"咚咚"直响。

这时候，我父亲就会问我："你猜一猜，今天我们吃的是包子呢？还是饺子？"

我需要耐心地等待。我要看他是否再往面粉里加上发酵粉，如果加上了，他又将脸盆抱到我的床上，用我的被子将脸盆捂起来，我就会立刻喊叫："吃包子。"

如果他揉完了面粉，没有加发酵粉，而是将调好味的馅端了过来，我就知道接下去要吃到的一定是饺子了。

这是我小时候判断包子和饺子区别时的重要标志。包子的面粉通过发酵，蒸熟后里面有许多小孔，吃到嘴里十分松软。而包饺子的面粉是不需要发酵的，我们称之为"死面"。当然，将它们做完后放在桌上时，我就不需要这些知识了，我一眼就可以看出它们的区别，形状圆圆的一定是包子；像耳朵一样的自然是饺子了。

我七岁的时候，父亲带着我去他的老家山东。我记得我们先是坐船，接着坐上了汽车，然后坐的是火车，到了山东以后，我们又改坐汽车，最后我们是坐着马车进入我父亲的村庄。那是冬天的时候，田野里一片枯黄，父亲带着我走进了他姑妈的家。我的祖父母在我出生前就去世了。我父亲的姑妈，也就是我祖父的妹妹，当时正坐在灶前烧火，见到分别近二十年的侄儿回来了，她一下子跳了起来，"哇哇"地与我父亲说了一堆我那时候听不懂的山东话。然后揭开锅盖，给我一碗热气腾腾的玉米糊。

这是我到父亲家乡吃到的第一顿饭。在父亲老家的一个月，我每天都喝玉米糊。那地方流传着这样一句话：人走红运，张嘴飞进白馍馍。白馍馍就是馒头，或者说是没有馅的包子。意思就是谁要是吃上了馒头，谁就交上好运了。遇上了好运才只是吃到馒头，如果吃到了饺子或者包子，就不知道是什么样的好运了。

　　　　　　　　　　　　　　　　　　　| 余华作品

所以我在父亲姑妈的家里，只能每天喝玉米糊。

在我们快要离开时，我终于吃上了一次饺子。那是我父亲的表弟来看我们，他来的时候手里提着一块猪肉，一进村庄就被一群孩子围住了，这些孩子一年里见不到几次猪肉，他们流着口水紧跟着我父亲的表弟，来到了我父亲姑妈的家门口。当我父亲和他的姑妈、表弟坐在炕上包饺子时，那些孩子还不时地将脑袋从门外探进来张望一下。

当饺子煮熟后热气腾腾地端上来，我吃到了这一生最难忘的饺子，我咬了一口，那饺子和盐一样咸，将一只饺子放进嘴里，如同抓一把盐放进嘴里似的，把我咸得满头大汗，我只能大口大口地喝玉米糊，来消除嘴里的咸味。后来我父亲告诉我，他家乡的饺子不是作为点心来吃的，而是喝玉米糊时让嘴巴奢侈一下的菜，就像我们南方喝粥时吃的咸菜一样。

我在读小学的时候，每一个学期都会安排一次学工，或者是学农和学军。学工就是让我们去工厂做工，学农经常是去农村收割稻子，而我们最喜欢的是学军，学军就是学习解放军，让我们一个年级的孩子排成队行军，走向几十里路外的某一个目的地。我们经常是天没亮就出发了，自带午餐，到了目的地后坐下来吃完午餐，然后又走回来，回家时往往已经是天黑了。

这也是我除了逢年过节以外，仍然有希望吃到包子的日子。我母亲会给我一角钱，让我自己去街上买两个包子，用旧报纸包起来放进书包，这就是我学军时的午餐。对我来说，这可是一年里为数不多的美味。我的哥哥这时候总能分享这一份美味。当时我是用一根绳子系裤子，我没有皮带，而我哥哥有一根皮带，我非常希望自己能够在衣服外面再扎上一根皮带，这样我会感到自己真正像一个军人了。于是我就用一个包子去和哥哥交换皮带。

在我学军的这一天，我和哥哥天没有亮就出门，我们走到街上的点心店，我用母亲给的一角钱买下两个包子，那是刚出笼的包子，蒸发着热气，带着麦子的香味来到我的手中，我看着哥哥取下自己的皮带，他先交给我皮带，我才递给他包子。我将剩下的一个包子放进书包，将哥哥的皮带扎在衣服外面，然后向学校跑去。我哥哥则在后面慢慢地走着，他一手提着快要滑下来的裤子，另一只手拿着包子边吃边走。接下去他会去找一根绳子，随便对付一天，因为到了晚上我就会把皮带还给他。

我活了三十多年，不知道吃下去了多少包子和饺子，我的胃消化它们的同时，我的记忆也消化了它们，我忘记了很多可能是有趣的经历，不过有一次令我难忘。那是十年前，我们几个人去天津，天津的朋友请我们去狗不理包子铺吃饭。

那一天，我们在狗不理包子铺坐下来以后，刚好十个人。各式各样的包子一笼一笼端了上来，每笼十个包子，刚好一人一个。天津的狗不理包子有七十多个品种，区别全在馅里面，有猪肉馅、牛肉馅、羊肉馅，有虾肉馅、鱼肉馅，还有各种蔬菜馅；有甜的、有咸的，也有酸的和苦的，有几十种。刚坐下来的时候，我们雄心勃勃，准备将所有的品种全部品尝，可是吃到第三十六笼以后，我们谁也吃不下去了，每个人都把自己的胃撑得像包子皮一样薄，谁也不敢再吃了，再吃就会将胃撑破了，而桌上包子还在增加，最后我们发现就是看着这些包子，也使我们感到害怕了，于是我们站起来，小心翼翼地站起来，小心翼翼地走下了楼梯，小心翼翼地来到了街上。

我们一行十个人站在街道旁，谁也不敢立刻过马路，我们吃得太多了，使我们走路都非常困难，我们怕自己走得太慢，会被街上快速行驶的汽车撞死。

那天下午，我们就这样站在街道上，互相看着嘿嘿地笑，其实我们是想放声大笑，可是我们不敢，我们怕大笑会将胃笑破。我们一边嘿嘿地笑，一边打着嗝，打出来的嗝有着五花八门的气味，这时候我们想起了中国那句古老的成语——百感交集。

一九九九年七月

国庆节忆旧

意大利《晚邮报》请我写一篇关于中华人民共和国五十周年的文章，我就想起前几天和几位朋友在长安街旁的饭店吃晚饭，吃完饭准备回家时，发现长安街已经封锁了，说是国庆游行的队伍正在排练，我只能让出租车绕很远的路回家。出租车司机告诉我，这些日子差不多每天晚上十点钟以后，长安街都会被封锁，就是为了参加国庆的队伍进行游行排练。我在报纸上读到：到了国庆节的那一天，参加游行庆祝的人有五十万。这只是参加表演的人数，如果算上前去观看的人，我想肯定会有一百多万。我还在报纸上读到：国庆时，在天安门广场东侧，北京最大的公共厕所将会建成开放，报纸上说这个厕所有四百七十平方米，而且还用文学的语言描述它——"洁白的地板砖，精致的壁墙，舒缓的轻音乐，宽敞舒适的大厅，空调……"

我定居北京已经有十年了，我从来没有在国庆节这天去过长安街上的天安门广场。可是想想过去，天安门广场对我来说是令人神往的地方。我是在中国的南方出生和长大，应该说，我是在一个压抑人性和令人恐惧的时代里成长起来的，我在读小学的时候，一位女同学仅仅是将毛泽东的画像折叠了一下，便被当成了反革命分子，十来岁的小小年纪就被揪到台上批斗。那时候因为将毛泽东比喻成太阳，因此在傍晚的时候我们谁都不敢说太阳落山了，更不敢说太阳掉下去了，只能说天黑了。就是在这样的环境里，我们天天唱着这样的歌："我爱北京天安门，天安门上太阳升，伟大领袖毛主席，指引我们向前进。"

　　我想起来曾经有过一张照片，照片中的我大约十五岁左右，站在广场中央，背景就是天安门城楼，而且毛泽东的巨幅画像也在照片里隐约可见。有趣的是这张照片并不是摄于北京的天安门广场，而是摄于千里之外的一个小镇的照相馆里。当时我站着的地方不过十五平方米，天安门广场其实是画在墙上的布景。可是从照片上看，我像是真的站在天安门广场上，唯一的破绽就是我身后的广场上空无一人。我非常珍爱这一张照片，因为它凝聚了我少年时代全部的梦想，或者说也是很多居住在北京之外的人的梦想。在那个时代的中国，差不多所有的城市和小镇的照相馆里，都有一幅天安门广场的布景，满足人们画饼充饥的愿望。因为在很长一段时间里，天安门广场差不多就是共和国的象征。可惜的是这张令我难忘的照片后来遗失了。

　　在我印象里，每一年的国庆都有一部纪录片，不过当这一年的纪录片发行到我居住的小镇放映时，往往已经是冬天了。我还记得自己穿着臃肿的棉衣，顶着夜晚的寒风向电影院走去的情景，然后坐在没有暖气的电影院里，看着银幕上初秋的天安门广场，毛泽东站在城楼上向着游行的队伍挥手，只有他一个人有挥手的权力，其他的人只能以鼓掌的方式向游行队伍致意。我印象最深的还是夜色降临后，毛泽东他们坐在天安门城楼上，桌上摆着令我垂涎三尺的水果和糕点，广场的上空被礼花照得一片通明，这是少年时期最让我心旷神怡的情景。当时我们过年过节最多是放几个鞭炮，如此多的礼花在空中长时间地开放，虽然是在银幕上，也足以让我目瞪口呆。在后来有关国庆的纪录片里，出现了西哈努克，一个被废除了王位的柬埔寨国王，还有他的首相宾努亲王。西哈努克笑容可掬，宾努亲王歪着脑袋像钟摆似的不停地点着头。这时候我已经进入了想入非非的少年时期，西哈努克和宾努的两位年轻美貌的夫人吸引了我，她们在以后的国庆纪录片中每一次出现，都让我感到是找到了纪录片的主题。而白天的游行和夜晚的礼花对我来说已经不重要了，甚至连毛泽东都不重要了。在那个时期，西哈努克和宾努是这个世界上最让我羡慕的两个男人。尤其是那个宾努亲王，我心想他都老成那样了，而且连头都抬不直，可是他的夫人却是如花似玉。

　　有关国庆节最为漫长的记忆，我想可能是来自我房间的房顶。自从我有记忆开始，我的父亲每年都要更换一次房顶上的旧报纸，一方面是为了防止灰尘掉下来，另一方面也是为了美化我们的房顶，当时我们住的房间可以一目了然地看到上面的瓦片，所以我父亲就在房顶上糊上一层旧报纸，让我们感到上面的瓦片被隔开了。我的童年和少年时期差不多就是在旧报纸下度过的，只要我躺到床上，我就会看到旧报纸上所有的标题，里面的文字因为高高在上就无法看清。几乎是每一年国庆节出刊的报纸上，第一版都是毛泽东的巨幅照片。在我的记忆里，毛泽东最早出现在我的房顶上时，他身边站着的是刘少奇；没过多久，刘少奇就消失了，林彪站到了毛泽东的身边；还是没过了多久，林彪也消失了。毛泽东身边的人不断地变化着，而每年国庆节报纸第一版的巨幅照片里唯一没有变化的人就是毛泽东自己。随着我房顶旧报纸的更换，我看着毛泽东的形象逐渐衰老，后来因为国庆节报纸的第一版不再刊登实地拍摄的毛泽东照片，改用当时统一的挂满全国的毛泽东像，毛泽东在我房顶上的衰老才被制止住。

我想这就是我的国庆节忆旧，点点滴滴，应该还有更多的记忆没有被唤醒，不过对《晚邮报》的读者来说，这样的篇幅可能已经是太长了。最后我要说的是，我很喜爱古罗马时期一位诗人的话，这位诗人名叫马提亚尔，他说："回忆过去的生活，无异于再活一次。"

一九九九年九月十九日

最初的岁月

1960年4月3日的中午，我出生在杭州的一家医院里，可能是妇幼保健医院，当时我母亲在浙江医院，我父亲在浙江省防疫站工作。有关我出生时的情景，我的父母没有对我讲述过，在我记忆中他们总是忙忙碌碌，每天都有做不完的事，我几乎没有见过他们有空余的时间坐在一起谈谈过去，或者谈谈我，他们第二个儿子出生时的情景。我母亲曾经说起过我们在杭州时的生活片断，她都是带着回想的情绪去说，说我们住过的房子和周围的景色，这对我是很重要的记忆，我们在杭州曾经有过的短暂生活，在我童年和少年时期一直是想象中最为美好的部分。

我的父亲在我一岁的时候，离开杭州来到一个叫海盐的县城，从而实现了他最大的愿望，成为了一名外科医生。我父亲一辈子只念了六年书，三年是小学，另外三年是大学，中间的课程是他在部队里当卫生员时自学的，他在浙江医科大学专科毕业后，不想回到防疫站去，为了当一名外科医生，他先是到嘉兴，可是嘉兴方面让他去卫生学校当教务主任；所以他最后来到了一个更小的地方——海盐。

他给我母亲写了一封信，将海盐这个地方花言巧语了一番，于是我母亲放弃了在杭州的生活，带着我哥哥和我来到了海盐，我母亲经常用一句话来概括她初到海盐时的感受，她说："连一辆自行车都看不到。"

我的记忆是从"连一辆自行车都看不到"的海盐开始的，我想起了石板铺成的大街，一条比胡同还要窄的大街，两旁是木头的电线杆，里面发出嗡嗡的声响。我父母所在的医院被一条河隔成了两半，住院部在河的南岸，门诊部和食堂在北岸，一座很窄的木桥将它们连接起来，如果有五六个人同时在上面走，木桥就会摇晃，而且桥面是用木板铺成的，中间有很大的缝隙，我的一只脚掉下去时不会有困难，下面的河水使我很害怕。到了夏天，我父母的同事经常坐在木桥的栏杆上抽烟闲聊，我看到他们这样自如地坐在粗细不均，而且还时时摇晃的栏杆上，心里觉得他们实在是了不起。

我是一个很听话的孩子，我母亲经常这样告诉我，说我小时候不吵也不闹，让我干什么我就干什么，她每天早晨送我去幼儿园，到了晚上她来接我时，发现我还坐在早晨她离开时坐的位置上。我独自一人坐在那里，我的那些小伙伴都在一旁玩耍。

到了四岁的时候，我开始自己回家了，应该说是比我大两岁的哥哥带我回家，可是我哥哥经常玩忽职守，他带着我往家里走去时，会突然忘记我，自己一个人跑到什么地方去玩耍了，那时候我就会在原地站着等他，等上一段时间他还不回来，我只好一个人走回家去，我把回家的路分成两段来记住，第一段是一直往前走，走到医院；走到医院以后，我再去记住回家的路，那就是走进医院对面的一条胡同，然后沿着胡同走到底，就到家了。

接下来的记忆是在家中楼上，我的父母上班去后，就把我和哥哥锁在屋中，我们就经常扑在窗口，看着外面的景色。我们住在胡同底，其实就是乡间了，我们长时间地看着在田里耕作的农民，他们的孩子提着割草篮子在田埂上晃来晃去。到了傍晚，农民们收工时的情景是一天中最有意思的，先是一个人站在田埂上喊叫："收工啦！"然后在田里的人陆续走了上去，走上田埂以后，另外一些人也喊叫起收工的话，一般都是女人在喊叫。在一声起来、一声落下的喊叫里，我和哥哥看着他们扛着锄头，挑着空担子三三两两地走在田埂上。接下去女人的声音开始喊叫起她们的孩子了，那些提着篮子的孩子在田埂上跑了起来，我们经常看到中间有一两个孩子因为跑得太快而摔倒在地。

在我印象里，我的父母总是不在家，有时候是整个整个的晚上都只有我和哥哥两个人在家里，门被锁着，我们出不去，只好在屋里将椅子什么的搬来搬去，然后就是两个人打架，一打架我就吃亏，吃了亏就哭，我长时间地哭，等着我父母回来，让他们惩罚我哥哥。这是我最疲倦的时候，我哭得声音都沙哑后，我的父母还是没有回来，我就睡着了。

那时候我母亲经常在医院值夜班，她傍晚时回来一下，在医院食堂买了饭菜带回来让我们吃了以后，又匆匆地去上班了。我父亲有时是几天见不着，母亲说他在手术室给病人动手术。我父亲经常在我们睡着以后才回家，我们醒来之前又被叫走了。在我童年和少年时期，几乎每个晚上，我都会在睡梦里听到楼下有人喊叫："华医生，华医生……有急诊。"

我哥哥到了上学的年龄以后，就不能再把他锁在家里，我也因此得到了同样的解放。我哥哥脖子上挂着一把钥匙，背着书包，带上我开始了上学的生涯。他上课时，我就在教室外一个人玩，他放学后就带着我回家。有几次他让我坐到课堂上去，和他坐在一把椅子里听老师讲课。有一次一个女老师走过来把他批评了一通，说下次不准带着弟弟来上课，我当时很害怕，他却是若无其事。过了几天，他又要把我带到课堂上去，我坚决不去，我心里一想到那个女老师就怎么也不敢再去了。

我在念小学时，我的一些同学都说医院里的气味难闻，我和他们不一样，我喜欢闻酒精和福尔马林的气味。我从小是在医院的环境里长大的，我习惯那里的气息，我的父母和他们的同事在下班时都要用酒精擦手，我也学会了用酒精洗手。

那时候我一放学就是去医院，在医院的各个角落游来荡去的，一直到吃饭。我对从手术室里提出来的一桶一桶血肉模糊的东西已经习以为常了，我父亲当时给我最突出的印象，就是他从手术室里出来时的模样，他的胸前是斑斑的血迹，口罩挂在耳朵上，边走过来边脱下沾满鲜血的手术手套。

我读小学四年级时，我们干脆搬到医院里住了，我家对面就是太平间，差不多隔几个晚上我就会听到凄惨的哭声。那几年里我听够了哭喊的声音，各种不同的哭声，男的，女的，老的，少的，我都听了不少。

最多的时候一个晚上能听到两三次，我常常在睡梦里被吵醒；有时在白天也能看到死者亲属在太平间门口嚎啕大哭的情景，我搬一把小凳坐在自己门口，看着他们一边哭一边互相安慰。有几次因为好奇我还走过去看看死人，遗憾的是我没有看到过死人的脸，我看到的都是被一块布盖住的死人，只有一次我看到了一只露出来的手，那手很瘦，微微弯曲着，看上去灰白，还有些发青。

应该说我小时候不怕看到死人，对太平间也没有丝毫恐惧，到了夏天最为炎热的时候，我喜欢一个人待在太平间里，那用水泥砌成的床非常凉快。在我记忆中的太平间总是一尘不染，四周是很高的树木，里面有一扇气窗永远打开着，在夏天时，外面的树枝和树叶会从那里伸进来。

当时我唯一的恐惧是在黑夜里，看到月光照耀中的树梢，尖细的树梢在月光里闪闪发亮，伸向空中，这情景每次都让我发抖，我也不知道是什么原因，总之我一看到它就害怕。

我在小学毕业的那一年，应该是1973年，县里的图书馆重新对外开放，我父亲为我和哥哥弄了一张借书证，从那时起我开始喜欢阅读小说了，尤其是长篇小说。我把那个时代所有的作品几乎都读了一遍，浩然的《艳阳天》、《金光大道》，还有《牛田洋》、

　　　　　　　　　　　　　　　　　　　　　　　　| 余华作品

《虹南作战史》、《新桥》、《矿山风云》、《飞雪迎春》、《闪闪的红星》……当时我最喜欢的书是《闪闪的红星》，然后是《矿山风云》。

在阅读这些枯燥乏味的书籍的同时，我迷恋上了街道上的大字报，那时候我已经在念中学了，每天放学回家的路上，我都要在那些大字报前消磨一个来小时。到了七十年代中期，所有的大字报说穿了都是人身攻击，我看着这些我都认识都知道的人，怎样用恶毒的语言互相漫骂，互相造谣中伤对方。有追根寻源挖祖坟的，也有编造色情故事，同时还会配上漫画，漫画的内容就更加广泛了，什么都有，甚至连交媾的动作都会画出来。

在大字报的时代，人的想象力被最大限度地发掘了出来，文学的一切手段都得到了发挥，什么虚构、夸张、比喻、讽刺……应有尽有。这是我最早接触到的文学，在大街上，在越贴越厚的大字报前，我开始喜欢文学了。

当我真正开始写作时，我是一名牙医了。我中学毕业以后，进入了镇上的卫生院，当起了牙科医生，我的同学都进了工厂，我没进工厂进了卫生院，完全是我父亲一手安排的，他希望我也一辈子从医。

后来，我在卫生学校学习了一年，这一年使我极其难受，尤其是生理课，肌肉、神经、器官的位置都得背诵下来，过于呆板的学习让我对自己从事的工作开始反感。我喜欢的是比较自由的工作，可以有想象力，可以发挥，可以随心所欲。可是当一名医生，严格说我从来没有成为过真正的医生，就是有职称的医生，当医生只能一是一、二是二，没法把心脏想象得在大腿里面，也不能将牙齿和脚趾混同起来，这种工作太严格了，我觉得自己不适合。

还有一点就是我难以适应每天八小时的工作，准时上班，准时下班，这太难受了。所以我最早从事写作时的动机，很大程度上是为了摆脱自己所处的环境。那时候我最大的愿望就是能够进入县文化馆，我看到文化馆的人大多懒懒散散，我觉得他们的工作对我倒是很合适的。于是我开始写作了，而且很勤奋。

写作使我干了五年的牙医以后，如愿以偿地进入了县文化馆。后来的一切变化都和写作有关，包括我离开海盐到了嘉兴，又离开嘉兴来到北京。

如今虽然我人离开了海盐，但我的写作不会离开那里。我在海盐生活了差不多有三十年，我熟悉那里的一切，在我成长的时候，我也看到了街道的成长，河流的成长。那里的每个角落我都能在脑子里找到，那里的方言在我自言自语时会脱口而出。我过去的灵感都来自于那里，今后的灵感也会从那里产生。

现在，我在北京的寓所里，根据中国社会科学出版社的要求写这篇自传时，想起了几年前的一件事，那时我刚到县文化馆工作，我去杭州参加一个文学笔会期间，曾经去看望黄源老先生，当时年近八十的黄老先生知道他家乡海盐出了一个写小说的年轻作家后，曾给我来过一封信，对我进行了一番鼓励，并要我去杭州时别忘了去看望他。

我如约前往。黄老先生很高兴，他问我家住在海盐什么地方？我告诉他住在医院宿舍里。他问我医院在哪里？我说在电影院西边。他又问电影院在哪里？我说在海盐中学旁边。他问海盐中学又在哪里？

我们两个人这样的对话进行了很久，他说了一些地名我也不知道，直到我起身告辞时，还是没有找到一个双方都知道的地名。同样一个海盐，在黄源老先生那里，和在我这里成了两个完全不同的记忆。

我在想，再过四十年，如果有一个从海盐来的年轻人，和我坐在一起谈论海盐时，也会出现这样的情况。

一九九四年五月

生活、阅读和写作

结 束

    有一天，我和陈虹在北京的王府井大街上行走时，一幕突然而至的情形令我们惊愕。在人流如潮噪声四起的街道上，一位衣着整洁的老人泪流满面地迎面走来。他如此坦率地表达自己的不幸，并将自己的不幸置于拥有盲目激情的人流之中，显得怵目惊心。

    一直以来，陈虹一回想起这一幕，就会神情激动。她总是一次次地提醒我注意这些，不要轻易忘记。确实，这样的情形所揭示的悲哀总是震动着我们。我们相对而坐，欲说无语。在沉默的深处，反复回想那个神情凄楚的老人，在他生命最后的旅程里，他终于直露地表达了我们共同的尴尬。在他身旁那些若无其事获得暂时满足的人，他们难道没有在风中哭泣过？悲哀也会像日出一样常常来袭击他们。于是在我们回想中所看到的人流，已经丧失了鲜艳的色彩，他们犹如一堆堆暗淡的杂草，在空虚的天空下不知所措。他们当初的笑容，是因为他们受到了遗忘的保护，忘记自己的不幸，就意味着没有遭受不幸。终于有一天，一劳永逸的遗忘就会来到，这是自然赐予我们唯一的礼物。一切的结束，就是一切的遗忘。

我在阅读有关卡夫卡生平的书中，曾经看到过这样的描述。卡夫卡居住的房屋下面是一条宽阔笔直的街道，街道的一端是河流，有不少人走上那条街道，缓慢或者迅速地来到河边，然后一头扎进河水之中结束自己。在当时的欧洲，投水自尽风行一时，起先是属于女人所喜爱的自杀方式，此后也逐渐得到了男子的青睐。卡夫卡称那条街道是自杀的助跑道。

面容消瘦的卡夫卡在被他称为自杀的助跑道上长时间行走时，他忧郁的思想可能会时常触及结束这个问题。虽然从形式上看，卡夫卡最终死于肺部疾病。不过他的日记充溢着死亡的声息，他那蜂拥而来的古怪感受令人感到他时刻处于危险之中。卡夫卡只是不点明结束自己的手段而已，他是一位羞怯的男子，对自己生命的结束，他不采用自杀这种强权行为，而是温文尔雅地等待着，就如等待着一位面容不详的情人，或者说是等待黑夜的来到。

当生命表示了开端之后，结束也就无法避免。自杀就成为了掌握自己命运的工具，一切由自己决定，不用看别人脸色，是自我完善的最终途径。

希特勒的宣传部长戈培尔，在第三帝国行将崩溃、希特勒面临众叛亲离之时，他带着玛戈达和六个孩子（三岁到十一岁），来到希特勒的地下室，使逃跑成为不可能。希特勒死后，戈培尔与玛戈达毒死了他们的六个孩子，戈培尔与希特勒一样枪杀了自己，而玛戈达则和爱娃一样喝下了毒药。

事实上戈培尔完全可以为妻儿找到一个安全的避难所，哪怕是暂时的，但他不可能这样做。他是第三帝国里为数不多的几个能够感受到希特勒人性的可怕程度的人，因为他有着同样可怕的人性。他在日记中写道："到处都是肮脏的诡计，人类真是一个恶棍。"当注定的失败席卷而来时，自杀是他逃脱失败的最好方式，自己结束自己，这是他可以找到的唯一体面的退路。他的同伴里宾特洛甫死得很不体面，这位第三帝国的外交部长像一条死狗似的吊挂在绞刑架上。

哈特·克莱恩曾经被称为金发神童，诗坛上的弥赛亚，他拥有另外一种疯狂，他深深地沉溺于同性恋之中，并且到处炫耀自己的这一经历，过着放浪形骸、酗酒无度的生活。他生命的最后时刻是和帕琪·拜德在船上度过的，他的自杀富于表演性。轮船逗留在哈瓦那期间，他上岸拜访了所有的咖啡馆，然后醉醺醺地回到船上，胳膊里还夹着一瓶朗姆酒。他闯进情人帕琪·拜德的船舱，久久不肯离去，对她手臂上的一块烫伤关怀备至，拜德忍受不了他的醉态，请求他离开。他离开后有过几次投海的尝试，可能他的动作过于夸张，都被船员阻止。于是他一次比一次更醉地回到拜德的船舱，继续向她表达自己的柔情。

克莱恩真正决定死去时倒是要冷静得多，他和拜德用过早餐后，向她道别，爬上甲板，走到船尾，任凭大衣从肩上滑落，一头栽进了大海。

　　出生亚美尼加，在美国成为了一名画家的阿什·高尔基，年近五十的时候，开始为自己生命的结束做准备工作，他在山坡上，或者河谷里，选择了七八个地点挂起了绳索，一旦准备就绪，他就可以立刻死去。可是后来他选择在木料间上吊，可能是内心的羞怯，他没有在野外有着不错景色的地方结束，他可能担心有人经过会打断他的自杀。有关他自杀时的情景，有这样的描述——他战战兢兢地爬过房子的墙壁——战战兢兢，这是他赴死时的神态。

　　　　　　　　　　　　　　　　一九九二年五月十八日

午门广场之夜

这确实是一个令人难忘的夜晚，多明戈、卡雷拉斯和帕瓦罗蒂三大男高音的音乐会有着感人至深的魅力。

在此之前，已经在报纸上和网上读到无数有关这次音乐会的报道和评述，随着时间的临近，批评的声音也是越来越多，主要集中在票价的昂贵上。我不知道2000美金的座位能否看清三位男高音的脸，《北京青年报》给我的票是1080美金价格，在我的座位上看三位男高音时就像是三只麻雀，我用望远镜看也不过是三只企鹅而已。所以当我走进午门广场时，一个强烈的感受涌上心头，我觉得这似乎不是一场音乐会，而是世界杯足球赛的决赛，几万人聚集到了一起。好在今天晚上凉风阵阵，还有六个巨大的屏幕，我没有出汗，也通过屏幕看清了他们的脸。

应该说，三位男高音的演唱就像炉火一样，刚开始仅仅是火苗，然后逐渐燃烧，最后是熊熊大火。演唱会越到后面越是激动人心，尤其是三人齐唱时，他们的歌声飞了，而且像彩虹般的灿烂。

一直以来，我最喜欢的是多明戈，我认为他才是真正的歌剧之王。今天晚上，他演唱的每一首歌都是那么的令人激动，他的声音有着山峦似的宽广和壮丽的起伏，他的表情在屏幕上也是浪涛一样波动着。卡雷拉斯最为出色的是他唱起了那些经典民歌，尤其是好莱坞的歌曲，他在把握通俗的情感时，有着让人欲哭无泪的力量。而帕瓦罗蒂，三人中他年龄最大，体积也是最大，我在望远镜里看到他唱完一首咏叹调走回去的背影时，突然发现他是用游泳的姿态在走路。当他走出来时，他的左手总是挥动着一块厨娘们喜欢的白色餐巾，他的表情在演唱之前十分丰富，可是一旦唱起来他就没有什么表情了。他的声音在表达咏叹调变幻的情感时，根本无法和多明戈相比。可是上帝把天使的嗓音给了他，那是怎样的声音？只要你听到它，你就会疯狂地爱上它。要知道你爱上的是声音，是那种消失得比风还要快的东西。我们可以批评帕瓦罗蒂，可是我们无法阻止上帝的旨意，上帝最喜爱的就是帕瓦罗蒂。

二〇〇一年六月二十三日

关于时间的感受

　　我是 1960 年出生的，这使我对 2000 年始终有着完整的数字概念，刚好四十年。我记得小时候曾经想到过这一天，那时候我也就是十来岁，或者再大上两三岁，那时候 2000 年对我来说非常遥远，就像让我行走着去美国似的漫长和不可思议。现在再想到这一天，我感到它已经来到了，近在咫尺，似乎睡一觉醒来拉开窗帘就可以看到 2000 年 1 月 1 日的明亮的天空。这一天来到的速度如此之快，并且越来越快，让我不安。而当我回首过去，回想我十岁的情景时，却没有丝毫的遥远之感，仿佛就在昨天。我十岁展望 2000 年时，我显然是奢侈了；而现在在回忆十岁的情景时，我充满了伤感。这是时间对我们的迫害，同样的距离，展望时是那么漫长，回忆时却如此短暂。

　　　　　　　　　　　　　　　一九九八年十二月二十四日

关于回忆和回忆录

　　根据西班牙《先锋报》1998 年 3 月 23 日报道，加西亚·马尔克斯正在写作回忆录《为讲故事的生活》，计划写六卷，每卷四百页左右。

　　他说："我发现，我全部人生都被概括进了我的小说。而我在回忆中要做的不是解说我的一生，而是解说我的小说，这是解说我的一生的真正途径。"

　　在《世界文学》2000 年第 6 期上，刊登了《归根之旅——加西亚·马尔克斯传》的选译，作者也是一个哥伦比亚人，名叫达·萨尔迪瓦尔。在这部传记作品中，作者选择了最为常见的传记方式，试图用作家的经历来诠释作家的作品。

　　比如当作者写到加西亚·马尔克斯的父亲向他的母亲求婚，并且只给她二十四小时的考虑时间时，这样写：然而在这个期限内路易莎不能向他做出任何回答，因为恰在这时候她的姥姥弗朗西斯卡·西莫多塞阿·梅希娅朝扁桃树下走来。她即是《霍乱时期的爱情》中的埃斯科拉斯蒂卡·达莎大婶的原型。或者在写到少年马尔克斯带着二百比索，独自一人前往波哥大求学时：全家人到《没有人给他写信的上校》和《一桩事先张扬的凶杀案》中的那个简陋的码头送别他……还有：比利时人埃米利奥不但部分地变成了《枯枝败叶》里那个神秘的吃素的法国医生，而且多年以后死而复苏，赫雷米亚斯·德圣阿莫尔的名字作为安的列斯群岛来的难民、战争残疾人和儿童摄影师出现在《霍乱时期的爱情》中。类似的段落在这本传记里比比皆是。

传记作家们有一个天真的想法，以为通过自己辛勤的工作，就可以还原或者部分还原撰写人物的真实经历。像这位达·萨尔迪瓦尔先生，资料上说他穷其二十年的努力，才完成这一本《归根之旅》。这样的作家往往被资料和采访中的回忆所控制，并且为这些资料和回忆的真实性所苦恼，事实上这是没有必要的。

还原的作用在化学中也许切实可行，在历史和传记中，这其实是一个被知识分子虚构出来的事实。我的解释是，即使资料和图片一丝不苟地再现了当时的场景，即使书面或者口述的回忆为我们真实地描绘了当时的细节，问题是当时的情感如何再现？这些回忆材料的使用者如何放弃他们今天的立场？如何去获得回忆材料本身所处的时代的经验？一句话就是如何去放弃自己的思想和情感，从而去获得传记人物在其人生的某一时刻的细微情感。事实上这是不可能的，任何一个人试图去揭示某个过去时代时，总是带着他所处时代的深深的烙印，就是其本人的回忆也同样如此。

另一方面，生平和业绩所勾勒出来的人生仅仅是这些人物生活中的一部分，还有更多的不为人所知的部分，当然这并不是很重要。在我看来，最重要的是传记中的人物还拥有着漫长的和十分隐秘的人生，尤其是对加西亚·马尔克斯这样的人，他的欲望和他的幻想比他明确的人生更能表达他的生活历程，用他自己的话说是"一生都被概括进了小说"，这是传记作家们很难理解的事实，他的虚构部分比他的生活部分可能更重要，而且有着难以言传的甜蜜。

虽然加西亚·马尔克斯在其自传中也像达·萨尔迪瓦尔那样处理了自己的小说和自己的人生，他说："我在回忆中要做的不是解说我的一生，而是解说我的小说，这是解说我的一生的真正途径。"然而他所做的工作是丰富和浩瀚的工作，达·萨尔迪瓦尔所做的只是简单的工作。换句话说，加西亚·马尔克斯要做的恰恰与达·萨尔迪瓦尔相反，当达·萨尔迪瓦尔试图在《归根之旅》中使加西亚·马尔克斯的一生变得清晰起来时，加西亚·马尔克斯的《为讲故事的生活》是为了使自己的一生变得模糊起来。

二〇〇一年二月十日

美国的时差

　　我不是一个热爱旅行的人,因此我在每一次长途跋涉前都不做准备,常常是在临行的前夜放下手上的工作,收拾一些衣物,第二天糊里糊涂地出发了。以前我每一次去欧洲,感觉上就像是下楼取报纸一样,遥远的欧洲大陆在我这里没有什么遥远的感觉,而且十多年来我养成了生活没有规律的习惯,欧洲与中国六个小时的时差对我没有作用,因为以前去欧洲都是直飞,也就没有什么旅途的疲惫。这一次去美国就不一样了,我坐联航的班机,先到东京,再转机去旧金山,然后还要转机去华盛顿,整个旅途有二十多小时,这一次我深深地感到了疲惫,而且是疲惫不堪。

　　我在东京转机的时候,差一点误了飞机。我心里只想着美国的时差,忘记了东京和北京还有一个小时的时差,当我找到登机口时,看到机票上的时间还有两个小时,就在东京机场里闲逛起来，一个小时以后才慢慢地走回登机口，这时看到一位日本的联航职员站在那里一遍遍叫着"圣弗朗西斯科"，我才想起来日本的时差，我是最后一个上飞机的。

九个小时的飞行之后，我来到了旧金山，为了防止转机去华盛顿时再发生时差方面的错误，我在飞机上就将时差调整到了美国时间。当时我想起来很久以前读过王安忆的文章，她说从中国飞到美国，美国会倒贴给中国一个小时。我在手表上让美国倒贴了，指针往回拨了一小时。在旧金山经过了漫长的入境手续之后，又走了漫长的一段路程，顺利地找到了联航国内航班的登机口，我的经验是将登机牌握在手中，沿途见到一个联航的职员就向他们出示，他们就会给我明确的方向。

然后我坐在去华盛顿的飞机上，这时我感到疲惫了，当我看了一下机票上的时间后，一种痛苦在我心中升起，机票的时间显示我还要坐八个多小时的飞机，而且我的身旁还坐着一个美国大胖子，我三分之一的座位属于他了。我心想这一次的旅途真他妈的要命；我心想这美国大得有些过分了，从西海岸飞到东海岸还要八个多小时，差不多是北京飞到巴黎了；我心想就是从哈尔滨飞到三亚也不需要这么长的时间。我在飞机上焦躁不安，并且悲观难受，有时候还怒气冲冲。四个多小时过去后，飞机驾驶员粗壮的英语通过广播一遍遍说出了华盛顿的地名，随后是空姐走过来要旅客摇起座椅靠背。我万分惊喜，同时又疑虑重重，心想难道机票上的时间写错了？这时候飞机下降了，确实来到了华盛顿。

在去饭店的车里，我问了前来接我的朋友吴正康后，才知道华盛顿和旧金山有三个小时的时差。在美国生活了十多年的吴正康告诉我：美国内陆就有四个时区。第二天我们在华盛顿游玩，到国会山后，我说我要上一下厕所，结果我看到厕所墙上钟的时间和我的手表不一样，我吓了一跳，心想难道美国国会也有自己的时区？这一次是墙上的钟出了问题。美国的时差让我成为了惊弓之鸟。

五天以后，我将十二张飞机票放进口袋，开始在美国国内的旅行。此后每到一个城市，我都要问一下吴正康："有没有时差？"

一九九九年六月三十日

别人的城市

　　我生长在中国的南方，我的过去是在一座不到两万人的小城里，我的回忆就像瓦楞草一样长在那些低矮的屋顶上，还有石板铺成的街道、伸出来的屋檐、一条穿过小城的河流，当然还有像树枝一样从街道两侧伸出去的小弄堂，当我走在弄堂里的时候，那些低矮的房屋就会显得高大了很多，因为弄堂太狭窄了。

　　后来，我来到了北方，在中国最大的城市北京定居。我最初来到北京时，北京到处都在盖高楼，到处都在修路，北京就像是一个巨大的工地，建筑工人的喊叫声和机器的轰鸣声是昼夜不绝。

　　我年幼时读到过这样的句子："秋天我漫步在北京的街头……"这句子让我激动，因为我不知道在秋天的时候，漫步在北京街头会是什么样的感觉。当我最初来到北京时，恰好也是秋天，我漫步在北京的街头，看到宽阔的街道，高层的楼房，川流不息的人群车辆，我心想：这就是漫步在北京的街头。

应该说我喜欢北京，就是作为工地的北京也让我喜欢，嘈杂使北京显得生机勃勃。这是因为北京的嘈杂并不影响我内心的安静，当夜晚来临，或者是在白昼，我独自一人走在大街上，想着我自己的事，身边无数的人在走过去和走过来，可是他们与我素不相识。我安静地想着自己的事，虽然我走在人群中，却没有人会来打扰我。我觉得自己是走在别人的城市里。

如果是在我过去的南方小城里，我只要走出家门，我就不能为自己散步了，我不停地会遇上熟悉的人，我只能打断自己正在想着的事，与他们说几句没有意义的话。

北京对我来说，是一座属于别人的城市，因为在这里没有我的童年，没有我对过去的回忆，没有错综复杂的亲友关系，没有我最为熟悉的乡音，当我在这座城市里一开口说话，就有人会对我说："听口音，你不是北京人。"

我不是北京人，但我居住在北京，我与这座城市若即若离，我想看到它的时候，就打开窗户，或者走上街头；我不想看到它的时候，我就闭门不出。我不要求北京应该怎么样，这座城市也不要求我。我对于北京，只是一个逗留很久还没有离去的游客；北京对于我，就像前面说的，是一座别人的城市。我觉得作为一个作家，或者说作为我自己，住在别人的城市里是很幸福的。

一九九五年六月二十一日

没有一条道路是重复的 |

一年到头

　　再过几天，1994年最后的一个月就要来了，然后是再过一个月，1995年要来到了。

　　这日子过得真是快，似乎刚刚习惯了1994年的书写，1994年就没有了，接下去在1995年的好几个月里，给朋友写信，或者写文章，日期落款时总要不自觉地写上：1994年……写完后发现错了，就涂改过来。有时接到朋友的来信，也常发现他们在日期上的涂涂改改。

　　一年到头，这到头的时候越来越不是滋味，首先来自于"日子过得真快"这样的感受，这快似乎是意料之外和猝不及防的，像是一把榔头突然砸在身边的桌子上。很多人都觉得自己还没怎么过日子，这日子就过去了，他们的感受有点像是刚刚睡着就被叫醒似的，睁着迷迷糊糊的眼睛，莫名其妙地看着新年的元旦，而新年元旦就是那一声把他们惊醒的，突然来到的响亮喊叫。

同时，这快的感受还是对自己过去行为的来不及做出的反应，换句话说，就是对自己经历过的生活突然产生了怀疑，"这一年我是怎么过来的？"自然，这个问题会很快弄清楚，弄清楚以后，人们就会寻找某种方式，试图来证明自己刚刚过去的生活是否值得。

　　于是，一年到头，这到头就成为了多愁善感的怀旧。想一想，一年里自己干了些什么？拿一支笔，再拿一张纸，认认真真想着，记在纸上，大事小事，只要想得起来的都记上去，最后一看，发现自己这一年里做了不少的事，比如重要的有：从一居室迁到了二居室；或者出版了第十三部作品；或者购买了一台摄像机；还有别的很多的或者……

　　如果这个时候继续往下想，问题就会出来了，他会发现记在纸上的全是事，作为人，他这一年里又是怎么过来的？他的内心得到了什么？

　　他开始发现生活的周而复始，他发现自己作为人的生活从来就没有过除旧迎新，他发现自己的生活其实早就一成不变了，他活着的意义就是在不断地复习，今年的生活在复习去年的，而去年的在复习前年的……他越往下想，情绪就越加低落，到最后，一个本来对生活充满信心的人，变成了一个厌世者。这就是一年到头时，一个成年人的不安。

　　　　　　　　　　　　　　一九九四年十一月二十三日

十九年前的一次高考

　　潘阳让我为《全国高考招生》杂志写一篇文章，说说我当初考大学时的情景，我说我当初没有考上大学，潘阳说这样更有意思。潘阳是我的朋友，他让我写一篇怎样考不上大学的文章，我只好坐到写字桌前，将我十九年前的这一段经历写出来。

　　我是1977年高中毕业的，刚好遇上了恢复高考。当时这个消息是突然来到的，就在我们毕业的时候都还没有听说，那时候只有工农兵大学生，就是高中毕业以后必须去农村或者工厂工作两年以后，才能去报考大学。当时我们心里都准备着过了秋天以后就要去农村插队落户，突然来消息说我们应届高中毕业生也可以考大学，于是大家一片高兴，都认为自己有希望去北京或者上海这样的大城市生活，而不用去农村了。

　　其实我们当时的高兴是毫无道理的，我们根本就不去想自己能不能考上大学，对自己有多少知识也是一无所知。我们这一届学生都是在"文革"开始那一年进入小学的，"文革"结束那一年高中毕业，所以我们没有认真学习过。我记得自己在中学的时候，经常分不清上课铃声和下课的铃声，我经常是在下课铃声响起来时，夹着课本去上课，结果看到下课的同学从教室里拥了出来。那时候课堂上就像现在的集市一样嘈杂，老师在上面讲课的声音根本听不清楚，学生在下面嘻嘻哈哈地说着自己的话，而且在上课的时候可以随便在教室里进出，哪怕从窗口爬出去也可以。

四年的中学，就是这样过来的，所以到了高考复习的时候，我们很多同学仍然认真不起来，虽然都想考上大学，可是谁也不认真听课，坏习惯一下子改不过来。倒是那些历届的毕业生，显得十分认真，他们大多在农村或者工厂待了几年和十几年了，他们都已经尝到了生活的艰难，所以他们从心里知道这是一次改变自身命运的极好机会。1977 年的第一次高考下来，我们整个海盐县只录取了四十多名考生，其中应届生只有几名。

我记得当时在高考前就填写志愿了，我们班上有几个同学填写了剑桥大学和牛津大学，成为当时的笑话。不过那时候大家对大学确实不太了解，大部分同学都填写了北大和清华，或者复旦、南开这样的名牌大学，也不管自己能否考上，先填了再说，我们都不知道填志愿对自己能否被录取是很重要的，以为这只是玩玩而已。

高考那一天，学校的大门口挂上了横幅，上面写着：一颗红心，两种准备。教室里的黑板上也写着这八个字，两种准备就是录取和落榜。一颗红心就是说在祖国的任何岗位上都能做出成绩。我们那时候确实都是一颗红心，一种准备，就是被录取，可是后来才发现我们其实做了后一种的准备，我们都落榜了。

高考分数下来的那一天，我和两个同学在街上玩，我们的老师叫住我们，声音有些激动，他说高考分数下来了。于是我们也不由得激动起来，然后我们的老师说：你们都落榜了。

就这样，我没有考上大学，我们那个年级的同学中，只有三个人被录取了。所以同学们在街上相遇的时候，都是落榜生，大家嘻嘻哈哈地都显得无所谓，落榜的同学一多，反而谁都不难受了。

后来我就没再报考大学，我的父母希望我继续报考，我不愿意再考大学，为此他们很遗憾，他们对我的估计超过我的信心，他们认为我能够考上大学，我自己觉得没什么希望，所以我就参加了工作。先在卫生学校学习了一年，然后分配到了镇上的卫生院，当上了一名牙医。我们的卫生院就在大街上，空闲的时候，我就站到窗口，看着外面的大街，有时候会呆呆地看上一两个小时。后来有一天，我在看着大街的时候，心里突然涌上了一股悲凉，我想到自己将会一辈子看着这条大街，我突然感到没有了前途。就是这一刻，我开始考虑起自己的一生应该怎么办，我决定要改变自己的命运，于是我开始写小说了。

一九九六年四月八日

我的第一份工作

我的第一份工作是拔牙，我是在1978年3月获得这份工作的。那个时候个人是没有权利选择工作的，那个时候叫国家分配。我中学毕业时刚好遇上1977年"文革"后的第一次高考，可是我不思进取没有考上大学，那一届的大学名额基本上被陈村这样的人给掠夺了，这些人上山下乡吃足了苦头，知道考大学是改变自己命运的良机，万万不能错过。而我是少年不识愁滋味，一头栽进卫生院。国家把我分配到了海盐县武原镇卫生院，让我当起了牙医。

牙医是什么工作？在过去是和修鞋的修钟表的打铁的卖肉的理发的卖爆米花的一字儿排开，撑起一把洋伞，将钳子什么的和先前拔下的牙齿在柜子上摆开，以此招徕顾客。我当牙医的时候算是有点医生的味道了，大医院里叫口腔科，我们卫生院小，所以还是叫牙科。我们的顾客主要是来自乡下的农民，农民都不叫我们"医院"，而是叫"牙齿店"。其实他们的叫法很准确，我们的卫生院确实像一家店，我进去时是学徒，拔牙治牙做牙镶牙是一条龙学习，比我年长的牙医我都叫他们师傅，根本没有正规医院里那些教授老师主任之类的称呼。

我的师傅姓沈，沈师傅是上海退休的老牙医，来我们卫生院发挥余热。现在我写下沈师傅三个字时，又在怀疑是不是孙师傅，在我们海盐话的发音里"沈"和"孙"没有区别，还是叫沈师傅吧。那时候沈师傅六十多岁，个子不高，身体发胖，戴着金丝框的眼镜，头发不多可是梳理得十分整齐。

我第一次见到沈师傅的时候，他正在给人拔牙，可能是年纪大了，所以他的手腕在使劲时，脸上出现了痛苦的表情，像是在拔自己的牙齿似的。那一天是我们卫生院的院长带我过去的，告诉他我是新来的，要跟着他学习拔牙。沈师傅冷淡地向我点点头，然后就让我站在他的身旁，看着他如何用棉球将碘酒涂到上颚或者下颚，接着注射普鲁卡因。注射完麻醉后，他就会坐到椅子上抽上一根烟，等烟抽完了，他问一声病人："舌头大了没有？"当病人说大了，他就在一个盘子里选出一把钳子，开始拔牙了。

沈师傅让我看着他拔了两次后，就坐在椅子里不起来了，他说下面的病人你去处理。当时我胆战心惊，心想自己还没怎么明白过来就匆忙上阵了，好在我记住了前面涂碘酒和注射普鲁卡因这两个动作，我笨拙地让病人张大嘴巴，然后笨拙地完成了那两个动作。在等待麻醉的时候，我实在是手足无措，这中间的空闲在当时让我非常难受。这时候沈师傅递给我一支烟，和颜悦色地和我聊天了，他问我父母是做什么工作的，家里有几个兄弟姐妹。抽完了烟，聊天也就结束了。谢天谢地我还记住了那句话，我就学着沈师傅的腔调问病人舌头大了没有，当病人说大了，我的头皮是一阵阵地发麻，心想这叫什么事，可是我又必须去拔那颗倒霉的牙齿，而且还必须装着胸有成竹的样子，不能让病人起疑心。

我第一次拔牙的经历让我难忘，我记得当时让病人张大了嘴巴，我也瞄准了那颗要拔下的牙齿，可是我回头看到盘子里一排大小和形状都不同的钳子时，我不知道应该用哪一把，于是我灰溜溜地撤下来，小声问沈师傅应该用哪把钳子。沈师傅欠起屁股往病人张大的嘴巴里看，他问我是哪颗牙齿，那时候我叫不上那些牙齿的名字，我就用手指给沈师傅看，沈师傅看完后指了指盘子里的一把钳子后，又一屁股坐到椅子里去了。当时我有一种强烈的孤军奋战的感觉，我拿起钳子，伸进病人的嘴巴，瞄准后钳住了那颗牙齿。我很庆幸自己遇上的第一颗牙齿是那种不堪一击的牙齿，我握紧钳子只是摇晃了两下，那颗牙齿就下来了。

真正的困难是在后来遇上的，也就是牙根断在里面。刚开始牙根断了以后，坐在椅子里的沈师傅只能放下他悠闲的二郎腿，由他来处理那些枯枝败叶。挖牙根可是比拔牙麻烦多了，每一次沈师傅都是满头大汗。后来我自己会处理断根后，沈师傅的好日子也就正式开始了。当时我们的科室里有两把牙科椅子，我通常都是一次叫进来两个病人，让他们在椅子上坐下后，然后像是工业托拉斯似的，同时给他们涂碘酒和注射麻醉，接下去的空闲里我就会抽上一根烟，这也是沈师傅教的。等烟抽完了，又托拉斯似的给他们挨个拔牙，接着再同时叫进来两个病人。

那些日子我和沈师傅配合得天衣无缝，我负责叫进来病人和处理他们的病情，而沈师傅则是坐在椅子里负责写病历开处方，只有遇上麻烦时，沈师傅才会亲自出马。随着我手艺的不断提高，沈师傅出马的机会也是越来越少。

我们两个人成了很好的朋友，我记得那时候和沈师傅在一起聊天非常愉快，他给我说了很多旧社会拔牙的事。沈师傅一个人住在海盐时常觉得孤单，所以他时常要回上海去，他每次从上海回来时，都会送给我一盒凤凰牌香烟。那时候凤凰牌香烟可是奢侈品，我记得当时的人偶尔有一支这样的香烟，都要拿到电影院去抽，在看电影时只要有人抽起凤凰牌香烟，整个电影院都香成一片，所有的观众都会扭过头去看那个抽烟的人。沈师傅送给我的就是这种香烟，他每次都是悄悄地塞给我，不让卫生院的同事看到。

沈师傅让我为他做过两件事，可是我都没有做好。第一件事是让我洗印照片，那时候我的业余爱好还不是写作，而是洗印照片，经常在一个同学家里，拿红色的玻璃纸包住灯泡后，开始洗印，我最喜欢做的就是拿着镊子，夹住照片在药水里拂动，然后看着照片上自己的脸和同学的脸在药水里渐渐浮现。沈师傅知道我经常干这些事，有一次他从上海回来后，交给我一张底片，让我在洗印照片时给他放大几张。那张底片是印在一块玻璃上的，我第一次见到这样的玻璃底片，是沈师傅的正面像。沈师傅当时一再叮嘱我要小心，别弄坏了底片，他说这是他自己最喜欢的一张底片，准备以后用来放大做遗像的。我当时听他说到遗像，心里吃了一惊，当时我很不习惯听到这样的话。后来我在同学家放大时，那位同学不小心将这张底片掉到地上弄碎了，我一个晚上都在破口大骂那位同学。到了第二天我硬着头皮去告诉沈师傅，说底片碎了，然后将已经放大的几张照片交给他。现在想起来当时沈师傅肯定很后悔，后悔将自己钟爱的底片交给我这种靠不住的人。不过当时他表现得很豁达，他说没关系，只要有照片就行，可以拿着照片去翻拍，这样就又有底片了。

沈师傅让我做的第二件事，是他离开海盐前对我说的，他说他快七十了，一个人住在海盐很累，他不想再工作了，要回家了。然后他说上海家里的窗户上没有栅栏，不安全，问我能不能为他弄一些钢条，我说没问题。沈师傅离开后没有几天，我就让一位同学在他们工厂拿了几十根手指一样粗的钢条出来，当时我们卫生院的一位同事刚好要去上海，我就将钢条交给她，请她带到上海交给沈师傅。沈师傅走后差不多一年，有一天他又回来了，可能是在上海待着太清闲，他又想念工作了，所以又回到了我们卫生院，我们两个人还是在一个门诊科室。他回来时像往常一样，悄悄塞给我一盒凤凰烟。我们还是像过去一样，一个负责拔牙，一个负责写病历开处方，空闲的时候我们一边抽烟一边聊天。有一天我突然想起了钢条，我就问他能不能用上，他说他没有收到钢条，然后才知道我们那位同事将钢条忘在她的床下了，忘了差不多有一年。这是沈师傅最后一次来我们卫生院工作，时间也很短，没多久他又回上海了，以后再也没有回来。我和沈师傅一别就是二十年，我没有再见到他。

这就是我的第一份工作，从十八岁开始，到二十三岁结束。我的第二份工作是写作，直到现在还在乐此不疲。我奇怪地感到自己青春的记忆就是牙医生涯的记忆，当我二十三岁开始写作以后，我的记忆已经不是青春的记忆了。这是我在写这篇文章时的发现，更换一份工作会更换掉一种记忆，我现在努力回想自己二十三岁以后的经历，试图寻找到一些青春的气息，可是我没有成功，我觉得二十三岁的自己和今天的自己没有什么两样，而牙医时的我和现在的我绝然不同。十八年来，我一直为写作给自己带来的无尽乐趣而沾沾自喜，今天我才知道这样的乐趣牺牲了我的青春年华，连有关的记忆都没有了。我的安慰是，我还有很多牙医的记忆，这是我的青春，我的青春是由成千上万张开的嘴巴构成的，我不知道是喜是忧。

二〇〇一年四月十二日

　　　　　　　　　　　　　　　　余华作品

回忆十七年前

    章德宁打来电话，说今年9月是《北京文学》创刊五十周年的日子。章德宁在《北京文学》已经工作了二十多年，我成为《北京文学》的作者也有十七年了。我们在电话里谈到了周雁如，一位十年前去世的老编辑，在八十年代的前几年，她一直是《北京文学》的实际主编，十七年前的一个下午，我在电话里第一次听到她的声音，我相信这是一个改变我命运的电话。

    当时我正在浙江海盐县的武原镇卫生院里拔牙，整个卫生院只有一部电话，是那种手摇的电话，通过总机转号，而我们全县也只有一个总机，在县邮电局里。我拿起电话时还以为是镇上的某一位朋友打来的，可是我听到了总机的声音，她告诉我说有一个北京长途。接下去我拿着电话等了差不多有一个小时，其间还有几个从我们镇上打进来的电话骚扰我，然后在快要下班的时候，我听到了周雁如的声音，她告诉我，我寄给《北京文学》的三篇小说都要发表，其中有一篇需要修改一下，她希望我立刻去北京。

这是我人生的转折点，这一年我二十三岁，做了五年的牙医，刚刚开始写作，我还不知道自己今后的职业是写作，还是继续拔牙。我实在不喜欢牙医的工作，每天八小时的工作，一辈子都要去看别人的口腔，这是世界上最没有风景的地方，牙医的人生道路让我感到一片灰暗。当时我常常站在医院的窗口，看着下面喧闹的街道，心里重复着一个可怕的念头——难道我要在这里站一辈子？当时我最大的愿望就是能够进入县文化馆，因为我看到在文化馆工作的人经常在街道上游荡，我喜欢这样的工作，游手好闲也可以算是工作，我想这样的好工作除了文化馆以外，恐怕只有天堂里才有了。于是我开始写作了，我一边拔牙一边写作，拔牙是没有办法，写作是为了以后不拔牙。当时我对自己充满了希望，可是不知道今后的现实是什么。

就是在这时候，电话铃响了。当我们县里邮电局的总机告诉我是北京的长途时，我的心脏就开始狂跳了，我预感到是《北京文学》的电话，因为我们家在北京没有亲戚，就是有亲戚也应该和我的父母联系。电话接通后，周雁如第一句话就是告诉我，她早晨一上班就挂了这个长途，一直到下午快下班时才接通。我一生都不会忘记她当时的声音，说话并不快，可是让我感到她说得很急，她的声音清晰准确，她告诉我路费和住宿费由《北京文学》承担，这是我最关心的事，当时我每月的工资只有三十多元。她又告诉我在改稿期间每天还有出差补助，最后她告诉我《北京文学》的地址——西长安街七号，告诉我出了北京站后应该坐10路公交车。她其实并不知道我是第一次出门远行，可是她那天说得十分耐心和仔细，就像是在嘱咐一样，将所有的细节告诉了我。我放下电话，第二天就坐上汽车去了上海，又从上海坐火车去了北京。

1988年，我在鲁迅文学院学习期间，曾经和一位朋友去看望周雁如，她那时已经离休了，住在羊坊店路的新华社宿舍里，这是我第一次也是最后一次去周雁如的家，她的家让我感到十分简单和朴素。那天周雁如很高兴，就像我第一次在《北京文学》编辑部见到她一样，事实上我每次见到她，她都显得很高兴，其实她一直在承受着来自生活的压力，她的丈夫和一个女儿长期患病，我相信这样的压力也针对着她的精神，可是她总是显得很高兴。那天从她家里出来后，她一直送我们到大街上，和我们分手的时候，她流出了眼泪，当我们走远了再回头看她，她还站在那里看着我们。这情景令我难忘，在此之前我们有过很多次告别，只有这一次让我看到了周雁如依依不舍的神情，是因为离休以后的她和工作时的她有所不同了，这样的不同也只是在分手告别的时候才显示出来。现在，当我写下这些时，想到周雁如去世都已经有十年了，而往事历历在目，我突然感到了人生的虚无。

我十分怀念那个时代，在八十年代的初期，几乎所有的编辑都在认真地阅读着自由来稿，一旦发现了一部好作品，编辑们就会互相传阅，整个编辑部都会兴奋起来。而且当时寄稿件不用花钱，只要在信封上剪去一个角，就让刊物去邮资总付了。我当时一边做着牙医，一边写着小说，我不认识任何杂志的编辑，我只知道杂志的地址，就将稿件寄给杂志，一旦退稿后，我就将信封翻过来，用胶水粘上后写下另一个杂志的地址，再扔进邮筒，当然不能忘了剪掉一个角。那个时期我的作品都是免费地在各城市间旅游着，它们不断地回到我的身旁，一些又厚又沉的信封。有时是一封薄薄的信，每当收到这样的信，我就会激动起来，经验告诉我某一部作品有希望了。

有一天，我收到了一封来自《北京文学》的薄薄的信，信的署名是王洁。王洁是我遇到的第一位重要的编辑，我所说的重要只是针对我个人而言。我认为自己很幸运，王洁在堆积如山的自由来稿中发现了我的作品，我的幸运使她读完了我的作品，而且幸运还在延续，她喜欢上了我的作品。正是她的支持和帮助使我敲开了《北京文学》之门。

1983 年 11 月，当我从海盐来到北京，第一次走进西长安街七号的《北京文学》编辑部，是中午休息的时候，王洁刚刚洗完了头，头发上还滴着水珠。然后是一位脸色红润的老太太走过来问我："你就是余华？"这位老太太就是周雁如。这情景在我的记忆里就像是日出一样，永远清晰可见。

我和王洁成为了很好的朋友，我来到北京改稿，不仅见到了一直给我写信的王洁，也认识了她的朋友。其中有一位叫大兵的朋友正在做生意，我改完稿离开北京时，就是王洁和大兵送我去北京站。第二年我来参加《北京文学》笔会时，他还来饭店看我，此后很多年没有再见，可是有一次我在上海的街道上行走时，突然听到有人在叫我的名字，我一看，大兵站在街道对面向我招手。又是很多年过去了，我再也没有得到大兵的消息。

其实我和王洁也已经有十来年没有见面了，当我在浙江的时候，我们保持着密切的通信，而当我定居北京以后，我们反而中断了联系。王洁后来离开了《北京文学》，她去了一家新的杂志，我忘了那家杂志的名字，只记得编辑部在王府井，1988年我在鲁迅文学院时，我去过几次王洁的编辑部，最后一次去的时候，编辑部已经搬走了。我不知道她现在是不是还住在蒲黄榆，我很多次去过她的家，我记得她很会做菜，有一次我在她家附近办事，完事了就去她家，事先没有给她打电话，刚好遇上她在家里请朋友吃饭，她一打开门就说我有吃福。不过我的吃福并没有得到延续，大概是在1989年，王洁给我打电话，让我星期天去她家吃饭，我刚好有事没有去，从此以后我们再没有联系过。我不知道她现在怎么样了，我想她的儿子应该长大成人了，我在海盐的时候曾经给她寄过一本书《怎样理解孩子的心灵》，那时候她的儿子还小，王洁回信告诉我，她因为忙没有读，她的儿子就整天催着她快去读。三年前我遇到一位音乐制作人，交谈中得知他和王洁曾在一个编辑部工作过，又在同一幢楼里住过，我就问他有没有王洁的电话，他说可以找到，找到后就告诉我，可能他没有找到，因为他一直没有告诉我。

十七年前我第一次来到北京，住了差不多有半个月，我三天就将稿子改完了，周雁如对我说不要急着回去，她让我在北京好好玩一玩。我就独自一人在冬天的寒风里到处游走，最后自己实在不想玩了，才让王洁替我去买火车票。我至今记得当初王洁坐在桌子前，拿着一支笔为我算账，我不断地说话打断她，她就说："你真是讨厌。"结账后王洁又到会计那里替我领了钱，我发现不仅我在北京改稿的三天有补助，连游玩的那些天也都有补助。最后王洁还给我开了一张证明，证明我在《北京文学》的改稿确有其事。当我回到海盐后，我才知道那一张证明是多么重要，当时的卫生院院长见到我的第一句话就是："有没有证明？"

从北京回到海盐后，我意识到小小的海盐轰动了，我是海盐历史上第一位去北京改稿的人。他们认为我是一个人才，不应该再在卫生院里拔牙了，于是一个月以后，我到文化馆去上班了。当时我们都是早晨七点钟上班，在卫生院的时候，我即使迟到一分钟都会招来训斥。我第一天去文化馆上班时，故意迟到了三个小时，十点钟才去，我想试探一下他们的反应，结果没有一个人对我的迟到有所反应，仿佛我应该在这个时间去上班。我当时的感觉真是十分美好，我觉得自己是在天堂里找到了一份工作。

二〇〇〇年七月五日

余华作品

谈谈我的阅读

我的少年时期是在"文革"中度过的，那是一个没有书籍的年代，那时候偶然得到一本书，也是没头没尾的书。我记得自己读到的第一部外国小说前后都少了几十页，我一直不知道作者是谁，书名是什么。一直到我二十多岁以后，买了一册莫泊桑的《一生》，才知道这就是自己当初第一次读到的那本外国小说。

大约是在二十岁的时候，我的阅读经历才真正开始，当时我喜爱文学，而且准备写作，就去阅读很多文学著作。那是十九年前的事，当时大量的外国文学作品被介绍进来，以及很多中国的现代和古典文学作品重新出版，还有文学杂志的不断复刊和创刊。我一下子从没有书籍的年代进入到了书籍蜂拥而来的年代，令我无从选择，我不知道自己应该去阅读什么，因为在此之前我是一个毫无阅读经验的人。这时候我无意中读到了美国作家杰克·伦敦的一段话，我已经忘记了原话是怎么说的，只记得杰克·伦敦这样告诉喜爱文学的年轻人：宁愿去读拜伦或者济慈的一行诗，也不要去读一千本文学杂志。我当时相信了杰克·伦敦的话，此后我很少去阅读杂志，我开始去阅读大量的经典作品。杰克·伦敦也正是这样的意思，十九年以后的今天，我坐在这里写下这篇短文时，心里充满了对杰克·伦敦的感谢。我觉得自己二十年来最大的收获就是不断地去阅读经典作品，我们应该相信历史和前人的阅读所留下来的作品，这些作品都是经过了时间的考验，阅读它们不会让我们上当，因为它们是人类智慧的结晶和人类灵魂的漫长旅程。当一个人在少年时期就开始阅读经典作品，那么他的少年就会被经典作品中最为真实的思想和情感带走，当他成年以后就会发现人类共有的智慧和灵魂在自己身上得到了延续。

一九九九年十一月四日

应该阅读经典作品

经典作品对于我们意味着什么？我想就像父亲的经历对于儿子，母亲的经历对于女儿一样，经典作品对于我们并不是意味着完美，而是意味着忠诚。这里面或多或少地存在着种种偏见和缺点，但是这里面绝对没有欺骗，无论是它的荣耀还是它的耻辱，它都会和我们坦诚相见，让我们体验到了思维的美好和感受的亲切，我想经典作品应该是我们经历的榜样。

我相信任何一位读者都是在用自己的经历阅读着这些作品，我们阅读它们是为了寻找自己曾经有过的忧伤和欢乐，失望和希望。当我们在这样的作品中发现了自己的思考时，当我们为别人的命运哭泣和欢笑时，我们就会惊喜地发现：别人的故事丰富了自己的经历。这就是为什么同样一部作品，我们不同时期阅读就会产生不同的感受。经典作品的优点是可以反复阅读，每一次的阅读都会使我们本来狭窄和贫乏的人生变得宽广和丰富，或者说使我们的心灵变得宽广和丰富。

我们应该阅读经典作品，这样我们就会理解维克多·雨果和约翰·堂恩的精彩诗篇。维克多·雨果用简单的诗句向我们描述了心灵的面积究竟有多少，他说：

> 世界上最宽阔的是海洋，
> 比海洋还要宽阔的是天空，
> 比天空还要宽阔的是人的心灵。

约翰·堂恩的诗句为这宽阔的心灵又注入了同情和怜悯之心：

> 谁都不是一座岛屿，自成一体；
> 每个人都是那广袤大陆的一部分。
> 如果海浪冲刷掉一个土块，欧洲就少了一点；
> 如果你朋友或你自己的庄园被冲掉，也是如此。
> 任何人的死亡使我受到损失，因为我包孕在人类之中。
> 所以别去打听丧钟为谁而鸣，它为你敲响。

二〇〇一年一月二十八日

写作的乐趣

我一直认为写作是一种乐趣，一种创造的乐趣。最初写作时的主要乐趣是对词语和句子的寻找，那时候最大的困难是如何让自己坐下来，让屁股和椅子建立友谊，我刚开始写作时才二十岁出头，这是一个坐不住的年龄。想想当时我的同龄人在到处游荡，而我却枯坐在桌前，这是需要极大的耐心来维持的，必须坚持往下写，然后突然有一句美妙的语言出现了，让我感受到喜悦和激动，我觉得自己艰难的劳动得到了酬谢，我再没有什么可抱怨了，我枯坐桌前也同样有无穷乐趣。

随着写作的继续和深入，仅仅是词语和句式的刺激显然不够了。写作的篇幅也是越来越长，从短篇小说到长篇小说，这时候人物的命运和叙述的起伏是否和谐，是否激动人心，就显得更加突出。对一个长期从事写作的人来说，有时候写作已经不单纯是在写作，更像是一种人生经历，尤其是长篇小说的写作，长达一年或者几年几十年的时间，写作者的情感往往和作品中人物的情感同舟共济，共同去承受苦难，也共同去迎接欢乐。这时候得到的乐趣会让我们相信，虚构的世界比现实的世界更加引人入胜。

最后我要谈的是一个非常重要的经验，我要说的是任何一个写作者同时也是读者，写作者必须重视自己读者的身份。正是在阅读很多经典作品时带来的感受，才会不断纠正自己在写作过程中的错误。

一九九九年十一月十二日

我的写作经历

　　我是 1983 年开始小说创作，当时我深受日本作家川端康成的影响，川端作品中细致入微的描叙使我着迷，那个时期我相信人物情感的变化比性格更重要，我写出了像《星星》这类作品。这类作品发表在 1984 年到 1986 年的文学杂志上，我一直认为这一阶段是我阅读和写作的自我训练期，这些作品我一直没有收录到自己的集子中去。

　　由于川端康成的影响，使我在一开始就注重叙述的细部，去发现和把握那些微妙的变化。这种叙述上的训练使我在后来的写作中尝尽了甜头，因为它是一部作品是否丰厚的关键。但是川端的影响也给我带来了麻烦，这十分内心化的写作，使我感到自己的灵魂越来越闭塞。这时候，也就是 1986 年，我读到了卡夫卡，卡夫卡在叙述形式上的随心所欲把我吓了一跳，我心想：原来小说还可以这样写。

卡夫卡是一位思想和情感都极为严谨的作家，而在叙述上又是彻底的自由主义者。在卡夫卡这里，我发现自由的叙述可以使思想和情感表达得更加充分。于是卡夫卡救了我，把我从川端康成的桎梏里解放了出来。与川端不一样，卡夫卡教会我的不是描述的方式，而是写作的方式。

这一阶段我写下了《十八岁出门远行》、《现实一种》、《世事如烟》等一系列作品。应该说《十八岁出门远行》是我成功的第一部作品，在当时，很多作家和评论家认为它代表了新的文学形式，也就是后来所说的先锋文学。

一个有趣的事实是，我在中国被一些看法认为是学习西方文学的先锋派作家，而当我的作品被介绍到西方时，他们的反映却是我与文学流派无关。所以，我想谈谈先锋文学。我一直认为中国的先锋文学其实只是一个借口，它的先锋性很值得怀疑，而且它是在世界范围内先锋文学运动完全结束后产生的。就我个人而言，我写下这一部分作品的理由是我对真实性概念的重新认识。文学的真实是什么？当时我认为文学的真实是不能用现实生活的尺度去衡量的，它的真实里还包括了想象、梦境和欲望。在1989年，我写过一篇题为《虚伪的作品》的文章，它的题目来自于毕加索的一句话："艺术家应该让人们懂得虚伪中的真实。"为了表达我心目中的真实，我感到原有的写作方式已经不能支持我，所以我就去寻找更为丰富的，更具有变化的叙述。现在，人们普遍将先锋文学视为八十年代的一次文学形式的革命，我不认为是一场革命，它仅仅只是使文学在形式上变得丰富一些而已。

到了九十年代，我的写作出现了变化，从三部长篇小说开始，它们是《在细雨中呼喊》、《活着》和《许三观卖血记》。有关这样的变化，批评家们已经议论得很多了，但是都和我的写作无关。应该说是叙述指引我写下了这样的作品，我写着写着突然发现人物有他们自己的声音，这是令我惊喜的发现，而且是在写作过程中发现的。在此之前我不认为人物有自己的声音，我粗暴地认为人物都是作者意图的符号，当我发现人物自己的声音以后，我就不再是一个发号施令的叙述者，我成为了一个感同身受的记录者，这样的写作十分美好，因为我时常能够听到人物自身的发言，他们自己说出来的话比我要让他们说的更加确切和美妙。

我知道自己的作品正在变得平易近人，正在逐渐地被更多的读者所接受。不知道是时代在变化，还是人在变化，我现在更喜欢活生生的事实和活生生的情感，我认为文学的伟大之处就是在于它的同情和怜悯之心，并且将这样的情感彻底地表达出来。文学不是实验，应该是理解和探索，它在形式上的探索不是为了形式自身的创新或者其他的标榜之词，而是为了真正地深入人心，将人的内心表达出来，而不是为了表达内分泌。

就像我喜欢自己九十年代的作品那样，我仍然喜欢自己在八十年代所写下的作品，因为它们对于我是同样的重要。更为重要的是我还将不断地写下去，在我今后的作品中，我希望自己的写作会更有意义，我所说的意义是写出拥有灵魂和希望的作品。

一九九八年七月十一日

没有一条道路是重复的

我为何写作

二十年前，我是一名牙科医生，在中国南方的一个小镇上手握钢钳，每天拔牙长达八个小时。

在我们中国的过去，牙医是属于跑江湖一类，通常和理发的或者修鞋的为伍，在繁华的街区撑开一把油布雨伞，将钳子、锤子等器械在桌上一字排开，同时也将以往拔下的牙齿一字排开，以此招徕顾客。这样的牙医都是独自一人，不需要助手，和修鞋匠一样挑着一副担子游走四方。

我是他们的继承者。虽然我在属于国家的医院里工作，但是我的前辈们都是从油布雨伞下走进医院的楼房，没有一个来自医学院。我所在的医院以拔牙为主，只有二十来人，因牙痛难忍前来治病的人都把我们的医院叫成"牙齿店"，很少有人认为我们是一家医院。与牙科医生这个现在已经知识分子化的职业相比，我觉得自己其实是一名店员。

我就是那时候开始写作的。我在"牙齿店"干了五年，观看了数以万计的张开的嘴巴，我感到无聊至极。当时，我经常站在临街的窗前，看到在文化馆工作的人整日在大街上游手好闲地走来走去，心里十分羡慕。有一次我问一位在文化馆工作的人，问他为什么经常在大街上游玩。他告诉我：这就是他的工作。我心想这样的工作倒是很适合我。于是我决定写作，我希望有朝一日能够进入文化馆。当时进入文化馆只有三条路可走：一是学会作曲；二是学会绘画；三就是写作。对我来说，作曲和绘画太难了，而写作只要认识汉字就行，我只能写作了。

现在，我已经有了十五年的写作历史了，我已经知道写作会改变一个人，会将一个刚强的人变得眼泪汪汪，会将一个果断的人变得犹豫不决，会将一个勇敢的人变得胆小怕事，最后就是将一个活生生的人变成了一个作家。我这样说并不是为了贬低写作，恰恰是为了要说明文学或者说是写作对于一个人的重要。因为文学的力量就是在于软化人的心灵，写作的过程直接助长了这样的力量，它使作家变得越来越警觉和伤感的同时，也使他的心灵经常地感到柔弱无援。他会发现自己深陷其中的世界与四周的现实若即若离，而且还会格格不入。

然后他就发现自己已经具有了与众不同的准则，或者说是完全属于他自己的理解和判断，他感到自己的灵魂具有了无孔不入的本领，他的内心已经变得异常的丰富。这样的丰富就是来自于长时间的写作，来自于身体肌肉衰退后警觉和智慧的苗壮成长，而且这丰富总是容易受到伤害。

就像你们伟大的但丁，在那部伟大的《神曲》里，奇妙的想象和比喻，温柔有力的结构，从容不迫的行文，我对《神曲》的喜爱无与伦比。但丁在诗句里表达语言的速度时，这样告诉我们：箭中了目标，离了弦。另一位伟大的作家叫博尔赫斯，是阿根廷人，他对但丁的仰慕不亚于我。在他的一篇有趣的故事里，写到了两个博尔赫斯，一个六十多岁，另一个已经八十高龄了。他让两个博尔赫斯在漫长旅途中的客栈相遇，当年老的博尔赫斯说话时，让我们看看他是如何描写声音的，年轻一些的博尔赫斯这样想："是我经常在我的录音带上听到的那种声音。"多么微妙的差异，通过录音带的转折，博尔赫斯向我们揭示出了一致性中隐藏的差异。伟大的作家无不如此，我在这里可以列出一份长长的名单，我相信这份名单长到可以超过我们中国没完没了的菜谱。

因为一个众所周知的原因，像我这一代人是在没有文学的环境里成长起来的，当我成年以后，我开始喜爱文学的时候，正是中国对文学解禁的时代，我至今记得当初在书店前长长的购书人流，这样的情景以后我再没有见到，这是无数人汇聚起来的饥渴，是一个时代对书籍的饥渴，我置身其间，就像一滴水汇入大海一样，我一下子面对了浩若烟海的文学，我要面对外国文学、中国古典文学和中国的现代文学，我失去了阅读的秩序，如同在海上看不见陆地的漂流，我的阅读更像是生存中的挣扎，最后我选择了外国文学。我的选择是一位作家的选择，或者说是为了写作的选择，而不是生活态度和人生感受的选择。因为只有在外国文学

| 余华作品

里，我才真正了解写作的技巧，然后通过自己的写作去认识文学有着多么丰富的表达，去认识文学的美妙和乐趣，虽然它们反过来也影响了我的生活态度和人生感受，然而始终不是根本的和决定性的。因此，作为一个中国人，我一直以中国的方式成长和思考，而且在今后的岁月里我也将一如既往；然而作为一位中国作家，我却有幸让外国文学抚养成人。除了我们自己的语言，我不懂其他任何语言，但是我们中国有一些很好的翻译家，我很想在这里举出他们的名字，可是时间不允许我这样做。我就是通过他们的出色的翻译，才得以知道我们这个世界上的文学是多么辉煌。

我真正要说的是文学的力量就在这里，在但丁的诗句里和博尔赫斯的比喻里，在一切伟大作家的叙述里，在那些转瞬即逝的意象和活生生的对白里，在那些妙不可言同时又真实可信的描写里……这些都是由那些柔弱同时又是无比丰富和敏感的心灵创造的，让我们心领神会和激动失眠，让我们远隔千里仍然互相热爱，让我们生离死别后还是互相热爱。因为但丁告诉我们：人是承受不幸的方柱体。在这个世界上，还有什么物体能够比方柱体更加稳定可靠？

（本文是在意大利都灵举办的"远东地区文学论坛"的演讲稿）

一九九七年十一月十三日

长篇小说的写作

　　相对于短篇小说，我觉得一个作家在写作长篇小说的时候，似乎离写作这种技术性的行为更远，更像是在经历着什么，而不是在写作着什么。换一种说法，就是短篇小说表达时所接近的是结构、语言和某种程度上的理想。短篇小说更为形式的理由是它可以严格控制在作家完整的意图里。长篇小说就不一样了，人的命运，背景的交换，时代的更替在作家这里会突出起来，对结构和语言的把握往往成为了另外一种标准，也就是人们衡量一个作家是否训练有素的标准。

　　这是有道理的。由于长篇小说写作时间上的拉长，从几个月到几年，或者几十年，这中间小说的叙述者将会有很多小说之外的经历，当小说中人物的命运往前推进时，作家自身的生活也在变化着，这样的变化会使作家不停地质问自己：正在进行中的叙述是否值得？

因此长篇小说的写作同时又是对作家信念的考验，当然也是对叙述过程的不断证明，证明正在进行中的叙述是否光彩照人，而接下去的叙述，也就是在远处等待着作家的那些意象，那些片言只语的对话，那些微妙的动作和目光，还有人物命运出现的突变，这一切是否能够在很长时间里，保持住对作家的冲击。

让作家始终不渝，就像对待爱一样对待正在写作中的长篇小说，这就要求作家在对自己的作品充满信心的同时，还一定要有体力上的保证，只有足够的体力，才可以使作家真正激动起来，使作家泪流满面，浑身发抖。

问题是在长篇小说的写作过程里，作家经常会遇上令人沮丧的事。比如说疾病，一次小小的感冒都会葬送一部辉煌的作品。因为在长篇小说的写作中，任何一个章节都是至关重要的，如果有一个章节在叙述中趋向平庸，带来的结果很可能是后面章节更多的平庸。平庸的细胞在长篇小说里一旦扩散，其速度就会像人口增长一样迅速。这时候作家往往会自暴自弃，对自己写作开始不满，而且是越来越不满，接下去开始愤怒了，开始恨自己，并且对自己破口大骂，挥手抽自己的嘴巴，最后是凄凉的怀疑，怀疑自己的才华，怀疑正在写作中的小说是否有价值。这时作家的信心完全失去了，他觉得自己被抛弃了，被语言、被结构、被人物甚至被景色，被一切所抛弃。他觉得自己正在进行的工作只是往垃圾上倒垃圾，因为他失去了一切为他而来的爱，同时也背叛了自己的爱。到头来他只好无可奈何地发出一声声苦笑，心想这一部长篇小说算是完蛋了，这一次只能这样了，只能凑合着写完了。然后他将全部的希望寄托到下一部长篇小说之中，可是谁能够保证他在下一部长篇小说的写作中不再感冒？可能他不会再感冒了，但是他的胃病出现了，或者就是难以克服的失眠……

作家在写作长篇小说的时候，需要去战斗的事实在是太多了，并且在每一次战斗中都必须是胜利者，任何一次微不足道的失败，都有可能使他的写作前功尽弃。作家要克服失眠，要战胜疾病，同时又要抵挡来自生活中的世俗的诱惑，这时候的作家应该清心寡欲，应该使自己宁静，只有这样，作家写作的激情才有希望始终饱满，才能够在写作中刺激着叙述的兴奋。

我注意到苏童在接受一次访问时，解释他为何喜欢短篇小说，其中之一的理由就是——他这样说：我始终觉得短篇小说使人在写的时候还没有出现困顿、疲乏阶段时它就完成了。

苏童所说的疲乏，正是长篇小说写作中最普遍的困难，是一种身心俱有的疲乏。作家一方面要和自己的身体战斗，另一方面又要和灵感战斗，因为灵感不是出租汽车，不是站在大街上等待就可以得到的东西，作家必须付出内心全部的焦虑、不安、痛苦和呼吸困难之后，也就是在写字桌前坐上几个小时，或者几天以后，才能够看到灵感之光穿过层层叙述的黑暗，照亮自己。

这时候作家有点像是来到了足球场上，只有努力地奔跑，长时间地无球奔跑之后，才有可能获得一次起脚射门。

对于作家来说，一部长篇小说的开始是重要的，但是不会疲

　　　　　　　　　　　　　　　　　　余华作品

乏。只有在获得巨大的冲动以后，作家才会坐到写字桌前，正式写作起他的长篇小说。这时候作家对自己将要写的作品即便不是深谋远虑，也已经在内心里激动不安。所以长篇小说开始的部分，往往是在灵感已经来到以后才会落笔，这时候对于作家的写作行为来说是不困难的，真正的困难是在"继续"上面，也就是每天坐到桌子前，将前一天写成的如何往下继续时的困难。

这是最难受的时候，作家首先要花去很多时间来调整自己的呼吸和自己的情绪，因为在一分钟之前作家还在打电话，或者正蹲在卫生间里干着排泄的事情。就是说作家一分钟以前还在三心二意地生活着，他干的事与正要写的作品毫无关系，一分钟以后他就必须使自己成为另外一个人，一个叙述者，一个不再散漫的人，他开始责任重大，因为写出来的每一个字和每一个标点符号，都是他重新生活的开始，这重新开始的生活与他的现实生活截然不同，是欲望的、想象的、记忆的生活，也是井然有序的生活，而且决不允许他犯错误，一个小小的错误都会使他的叙述走上邪路，在长篇小说的写作过程里，叙述不会给作家提供很多悔过自新或者重新做人的机会。叙述一旦走上了邪路，叙述不仅不会站出来挽救叙述者，相反还会和叙述者一起自暴自弃。这就像是请求别人原谅自己是容易的，可是要请求自己原谅自己就十分艰难了，因为这时候他往往不知道该怎么办。

因此，作家必须保持始终如一的诚实，必须在写作过程里集中他所有的美德，必须和他现实生活中的所有恶习分开。在现实中，作家可以谎话连篇，可以满不在乎，可以自私、无聊和沾沾自喜；可是在写作中，作家必须是真诚的，是认真严肃的，同时又是通情达理和满怀同情和怜悯之心；只有这样，作家的智慧和警觉才能够在漫长的长篇小说写作中，不受到任何伤害。

所以，当作家坐到写字桌前时，首先要做的，就是问一问自己，是否具备了高尚的品质？

然后，才是将前一天的叙述如何继续下去，这时候作家面临的就是如何工作了，这是艰难的工作，通过叙述来和现实设立起紧密的关系。与其说是设立，还不如说是维持和发展下去。因为在作品的开始部分，作家已经设立了与现实的关系，虽然这时候仅仅是最初的关系，然而已经是决定性的关系了。优秀的作家都知道这个道理，与现实签订什么样的合约，决定了一部作品完成之后是什么样的品格。因为在一开始，作家就必须将作品的语感、叙述方式和故事的位置确立下来。也就是说，作家在一开始就应该让自己明白，正在叙述中的作品是一个传说，还是真实的生活？是荒诞的，还是现实的？或者两者都有？

当卡夫卡在其《审判》的开始，让约瑟夫·K莫名其妙地在一天早晨被警察逮捕，接着警察又莫名其妙地让他继续自由地去工作时，卡夫卡在逮捕与自由这自相矛盾之中，签订了《审判》与现实的合约。这是一份幽默的合约，从一开始，卡夫卡就不准备讲述一个合乎逻辑的故事，他虽然一直在冷静地叙述着现实的逻辑，可是在故事发展的关键时刻，他又完全破坏了逻辑。这就是《审判》从一开始就建立的叙述，这样的叙述一直贯穿到作品的结尾。卡夫卡用人们熟悉的方式讲述所有的细节，然后又令人

116

吃惊地用人们很不习惯的方式创造了所有的情节。

另一位作家纳撒尼尔·霍桑，在《红字》的开始就把海丝特推到了一个忍辱负重的位置上，这往往是一部作品结束时的场景。让一个女人从监狱里走出来，可是迫使她进入监狱的耻辱并没有离她而去，而是作为了一个标记（红A字）挂在了她的胸前……霍桑就是这样开始了他的叙述，他从一开始就建立起内心与现实的冲突，内心的高尚和生活的耻辱重叠到了一起，同时又泾渭分明。

还有一位作家福克纳，在其《喧哗与骚动》的第一页这样写道：

> 透过栅栏，穿过攀绕的花枝的空当，我看见他们在打球。他们朝插着小旗的地方走过来，我顺着栅栏朝前走。勒斯特在那棵开花的树旁草地里找东西。他们把小旗拔出来，打球了。接着他们又把小旗插回去，来到高地上，这人打了一下，另外那人也打了一下……

显然，作品中的"我"不知道他们是在打高尔夫球，他只知道："这人打了一下，另外那人也打了一下。"他也不知道勒斯特身旁的是什么树，只知道是一棵开花的树。于是我们明白了这是一个十分简单的头脑，世界给它的图像只是"这人打了一下，那人也打了一下"。

在这里，福克纳开门见山地告诉了自己，他接下去要描叙的是一个空白的灵魂，在这灵魂上面没有任何杂质，只有几道深浅不一的皱纹，有时候会像湖水一样波动起来。于是在很多年以后，也就是福克纳离开人世之后，我有幸读到了这部伟大作品的中译本，认识了一个伟大的白痴——班吉明。

卡夫卡、霍桑、福克纳，在他们各自的长篇小说里，都是一开始就确立了叙述与现实的关系，而且都是简洁明了，没有丝毫含糊其词的地方。他们在心里都很清楚这样的事实：如果在作品的第一页没有表达出作家叙述的倾向，那么很可能在第一百页仍然不知道自己正在写些什么。

真正的问题是在合约签订以后，如何来完成，作家接下去的写作在很大程度上成为了对合约的理解。作家在写作之前，有关这部长篇小说的构想很可能只有几千字，而作品完成之后将会在十多万字以上。因此真正的工作就是一日接着一日地坐到桌前，将没有完成的作品向着没有完成的方向发展，只有在写作的最后时刻，作家才有可能看到完成的方向。这样的时刻往往只会出现一次，等到作家试图重新体会这样的感受时，他只能去下一部长篇小说寻找机会了。

因此，长篇小说的写作过程，是作家重新开始的一段经历，写作是否成功，也就是作家证明自己的经历是否值得。当几个陌生的名字出现在作品的叙述中时，作家对他们的了解可以说是和他们的名字一样陌生，只有通过叙述的不断前进和深入，作家才慢慢明白过来，这几个人是来干什么的。他们在作家的叙述里出生，又在作家的叙述里完整起来。他们每一次的言行举止，都会让作家反复询问自己：是这样吗？是他的语气吗？是他的行为吗？或者在这样的时候，他为什么要这样做和这样说？

一部长篇小说就是这样完成的，长途跋涉似的写作，不断的自信和不断的怀疑。最困难的还是前面多次说到过的"继续"，今天的写作是为了继续昨天的，明天的写作又是为了继续今天的，无数的中断和重新开始。就在这些中断和开始之间，隐藏着无数的危险，从作家的体质到叙述上的失误，任何一个弱点都会改变作品的方向。所以，作家在这种时候只有情绪饱满和小心翼翼地叙述。有时候作家难免会忘乎所以，因为作品中的人物突然说出了一句让他意料不到的话，或者情节的发展使他大吃一惊，这种时候往往是十分美好的，作家感到自己获得了灵感的宠爱，同时也暗示了作家对自己作品的了解已经深入到了命运的实质。这时候作家在写作时可以左右逢源了。

几乎所有的作家都面临这样的困难，就是将前面的叙述如何继续下去。当然也有例外，比如海明威，他说他总是在知道下面该怎么写的时候停笔，所以第二天他继续写作时就不会遇上麻烦了。另一位作家加西亚·马尔克斯站出来证明了海明威的话，他说他自从使用海明威的写作经验后，再也不怕坐到桌前继续前一天的写作了。海明威和马尔克斯说这样的话时，都显得轻松愉快，因为那个时候他们都没有在写作，他们正和记者坐在一起信口开河，而且他们谈论的都是已经完成了的长篇小说，他们已经克服了那几部长篇小说写作中的所有困难，于是他们也就好了伤疤忘了疼痛。

一九九六年四月五日

网络与文学

在中国，在 20 世纪最后的两年里，一些作家开始考虑这样的问题：在下一个世纪里是否会失业？这样的忧虑并非出于对自己才华和能力的怀疑，而是对自己所从事职业的怀疑。在今天，在 21 世纪，人们已经相信网络和生命科学正在重新结构我们的世界。一个是外部的改变，网络在迅速提高交流的速度的同时，又在迅速地降低交流的成本，使人们在与世界打交道时获得了最直接和最根本的权利；另一个是内部的改变，生命科学对基因的认识使我们走上了一条捷径，让我们感到了走向生命本质时不再是路途遥远。这两者差不多同时出现，又差不多同时成长，于是我们对生命和对世界的看法也在同时改变。

我知道作家的不安是害怕图书会消失，这个不安是来自两方面的，首先他们害怕会失去手触摸纸张时的亲切之感，这样的感受是我们的祖先遗传给我们的，祖先们就像留下了房屋和街道一样，留下了手和纸难以分离的亲密之感，这样的感受在我们还是婴儿时就已经开始了成长，很多人都难以抹去这样的记忆——坐在母亲的怀中，孩子的手和母亲的手同时翻动着一本书。现在，人们似乎意识到某一天不再需要作为物品的报纸和图书了，而且这样的意识在人群中迅速地弥漫，越来越多的人相信无纸化出版即将来临，人们可以在因特网上随意读到想读的一切文学作品。于是作家们接下来就会关心另一个问题：去何处支取版税？我在这方面不是一个悲观主义者，虽然传统的法律在面对今天高速前进的网络有些无所适从，虽然在中国有很多作家的作品都在网上被免费阅读，但是我相信这一切都是暂时的。当网上虚拟出版的时代真正来临，那么传统出版累积下来的一切问题，比如印刷成本不断提高、仓库不断积压和应收款数额不断增长等等都会烟消云散。虚拟出版几乎是零成本的现实，将会使读者用很少的钱去得到很多的书籍，对作者来说，其收益也将是有增无减。而且虚拟出版不会再去消耗我们已经不多了的自然资源，还将降低造纸和印刷带来的对环境的污染。

对我来说，重要的不是图书是否会消失，而是阅读是否会消失。只要阅读仍然存在，那么用什么方式去读并不重要。我想阅读是不会消失的，因为人类的生存是不会消失的，我相信谁也无法将阅读和生存分隔开来。我有一个天真的想法，在这个世界上越是古老的职业，就越是具有生存的勇气和能力，因此任何职业都不会消失，只是得到形式的改变，而这样的改变或者说网络带来的改变，不会使这些古老的职业变得更老，恰恰是要它们返老还童。当然，预言家会消失，在这个日新月异的时代里，我想人们唯一不需要的就是预言。

在今天的中国，网上的文学受到了空前的欢迎，我所说的网上文学并不是指那些已经在传统出版中获得成功的作品，这些作品在未经授权的情况下已经上网，我指的是那些在传统的图书出版中还没有得到机会的作者。我阅读了一些他们的作品，坦率地说这些作品并不成熟，让我想起以前读到过的中国的大学生们自己编辑的文学杂志，可是这些并不成熟的文学作品在网上轰轰烈烈，这使我意识到了网络的意义和价值。因为人们在网上阅读这些作品时，文学自身的价值已经被网络互动的价值所取代，网络打破了传统出版那种固定和封闭的模式，或者说取消了作者和读者之间的界线，网络开放的姿态使所有的人都成为了参与者，人人都是作家，或者说人人都将作者和读者集于一身，我相信这就是网上文学的意义，它提供了无限的空间和无限的自由，它应有尽有，而且它永远只是提供，源源不断地提供，它不会剥夺什么，如果它一定要剥夺的话，我想它可能会剥夺人们旁观者的身份。

事实上，这是文学由来已久的责任，一个写作者和一个阅读者的关系，或者说一本书和一个世界的关系，这样的关系似乎一直在困扰着文学，同时也一直在支撑着文学。想想巴尔扎克和狄更斯他们的作品，这些作品都是在报纸上以每天连载的方式完成的；再想想20世纪两部著名的小说《追忆似水年华》和《尤利西斯》，普鲁斯特和乔伊斯的这两部作品在今天看来似乎布满了阅读的障碍，然而在它们自己的时代里都曾经热销一时。有时候文学的看法和时代的看法总是背道而驰，这是因为文学有着超越时代的持久不变的原则，而喜新厌旧则差不多是每一个时代的原则。然而巴尔扎克和狄更斯，还有普鲁斯特和乔伊斯的例子说明了这样一个事实，这些经久不衰的作家一方面和文学心心相印，另一方面又和所处的时代紧密相连，他们都具备了上述两种原则，文学的原则使他们成为了经典作家，成为了一代又一代的读者们内心深处的朋友，而他们所处的那个时代的原则使他们的名字变得响亮和显赫。一句话，无论是巴尔扎克和狄更斯，还是普鲁斯特和乔伊斯，他们都通过了所处时代最便捷的途径来到读者们中间。对于今天的作家，通向读者的道路似乎要改变了，或者说一条新的道路已经展现在眼前，就像是在一条传统的道路旁边，增加了一条更为快捷的高速公路，这有什么不好？

在今天的中国，网上传播的文学和传统出版的文学已经并肩而行了，我现在要谈的不是网络文学和传统出版的文学的比较，这个话题没有什么意义，对于文学来说，无论是网上传播还是平面出版传播，只是传播的方式不同，而不会是文学本质的不同。我要谈的是网络和文学，谈它们之间的一个最为重要的共同之处。

我们都知道文学给予我们的是一个虚构的世界，我相信这是因为人们无法忍受现实的狭窄，人们希望知道更多的事物，于是想象力就要飞翔，情感就会膨胀，人们需要一个虚构的世界来扩展自己的现实，虽然这样的世界是建立在别人的经历和情感之上，然而对照和共鸣会使自己感同身受。我想，这可能就是人们常说的精神的力量，现实太小了，而每个人的内心都像是一座火山一样，喷发是为了寻找更加宽广的空间。那么多年来，文学一直承受着来自现实世界的所有欲望，所有情感和所有的想象，如果不能说它是独自承受，那它也承受着最重的部分。

现在，网络给我们带来一个虚拟的世界，与文学一样，是一个没有边境的世界，它的空间取决于人们的想象力，有多少想象在出发，它就会有多少空间在出生；与文学不同的是，人们不需要在别人的故事里去寻找自己的眼泪和欢乐，网络使人人都可以成为虚拟世界的主人，点动鼠标就可以建造一座梦想中的宫殿，加密之后就像有了门锁和电网。如果说安娜·卡列尼娜的房间人人都可以进入，只要你买下或者读过托尔斯泰的书，那么网上的宫殿则永远是自己的领地，虽然有时候黑客会大驾光临，可是现实中的宫殿也会遭遇小偷和强盗，而且类似的经历只会使这一切变得更加真实，当然也会更加激动人心。

我承认自己迷上了网络的世界，一方面是它如同文学一样使我们的空间变得无法计算，另一方面是它正在迅速地瓦解着我们固有的现实，这是文学无法做到的。有时候我觉得网络的世界很像是文学和信用卡的结合，我的意思是说它具有天空和大地的完整性，它建立了一个虚幻的世界，像文学那样去接受人们多余的想象和多余的情感，与此同时它又在改变我们的现实，就像信用卡虚拟了钱币一样，它正在虚拟我们的现实。如果说文学虚构的

　　　　　　　　　　　　　　　余华作品

世界仅仅是天空的话，那么网络虚拟的世界完成了天空和大地的组合。不过有一点它们永远是一致的，那就是人们需要画饼充饥，因为这样有助于人们的身心健康。

一九九九年五月九日

文学和民族

我十分感谢民族文学作家会议主席李文求先生的邀请，使我有机会来到韩国，有机会在这里表达我的一些想法。

在北京的时候，我收到的演讲题目是《打开21世纪东亚文学的未来》，这个题目让我感到不安和惭愧，在涉及到东亚文学的时候，我发现自己只是对日本的文学有所了解，对韩国的文学我可以说是一无所知。诚然，我可以找到一些理由来解释自己这方面的无知，比如由于朝鲜的原因，中国和韩国很晚才建交的事实影响了两国间文学的交流；另一个原因来自于中国的图书市场，我很难找到已经翻译成汉语的韩国文学作品。我的朋友白元淡教授告诉我，韩国在出版外国文学作品时，热衷于对西方文学的介绍，对中国文学的介绍十分冷淡。中国的情况更加糟糕，这些年来中国几乎是没有出版韩国的文学作品。

关心西方发达国家远远超过关心自己的邻居，这似乎是亚洲国家共同的特点，但是这几年情况开始改变。在中国，一些清醒的知识分子已经将目光和研究的课题转向自己的邻国。日本作家大江健三郎在1994年荣获诺贝尔文学奖的演说中，明确地表明了他是一位亚洲作家的身份。1998年，主编《创作与批评》的白乐晴教授和崔元植教授来到北京，与中国的学者和作家进行广泛的交流。

　　从相互关心到开始真正的交流，我相信这会获得很大的收益。两年前由中国文学出版社出版的《全球化时代的文学和人》一书中，白乐晴教授在第一章就澄清了韩国的民族文学与政府投入大量预算所标榜的"韩国式"民主主义不是一回事，白乐晴写道："政府所倡导的民族文学与我们基于民族良心、文学的良心所指的民族文学有距离的话，谈论'民族文学'不得不更为小心。如果只将民族传统的一部分随便阉割下来保存与展示，并将鼓吹国民生活现在与将来的暧昧乐观论当作民族文学的话，那么它就不是正经文学，对民族大多数成员也无益。"

　　这是我在那次会议上的第一个收获，因为白乐晴教授在书中写到的有关民族文学的段落，总是让我忍不住想起中国的文学现实，有时候我会觉得白乐晴教授所写的仿佛是中国的事，"将民族传统的一部分随便阉割下来保存和展示"，这也是中国的各级政府官员所热衷的，而且"将鼓吹国民生活现在与将来的暧昧乐观论当作民族文学"，也是不少中国作家的所谓追求。

　　第二个收获是在中国的《读书》杂志举办的讨论会上，当一位中国的学者问崔元植教授关于南北韩分裂的问题时，崔元植教授的回答使我吃惊，他说南北韩分裂并不是朝鲜民族最重要的问题，他认为最重要的是朝鲜民族是在中国、日本、俄罗斯和太平洋对岸的美国这四个大国的包围中生存。崔元植教授的回答使我对韩国的学者和作家所倡导的民族文学有了进一步的理解，也就是白乐晴教授所指出的民族的良心和文学的良心。

　　同时，也让我想起了一位伟大的匈牙利作曲家巴托克（BARTOK），这位写下丰富的旋律和迷人的节奏的音乐家，一生中的很多时间都是在农村采集民间音乐，于是人们就会知道他那些达到形式对称和题材统一的作品来自何处：与农民们在一起的生活经历，使巴托克获得了成千首典型的马扎尔、斯洛伐克、特兰西瓦尼亚和罗马尼亚等地的民间音乐主题。然而中东欧地区的民间音乐与巴托克的音乐有着更为复杂的关系，当很多人认为为民间旋律配和声是一件容易的事，他们认为无论如何也比创作一个"独特"的主题容易得多（这样的看法其实就是白乐晴教授所指责的"随便地阉割下来"的做法），巴托克不这么认为，他在《农民音乐的重要性》一文中写道：

　　　　"处理民间旋律是极端困难的。我可以大胆断言，处理民间曲调和创作一首大规模的作品一样困难。只要想到这一点就可以明白：民间曲调不是作曲家自己的作品，而是早已存在的作品，这便是最大的困难之一。另一个困难在于民间旋律的特别性格。我们开始必须认识这种性格，还要深入了解它，最后，在改编的时候要把它突出而不是掩盖住。"

我相信文学也是一样，一个优秀的作家必须了解自己民族传统中特别的性格，然后在自己的写作中伸张这样的特别性格。在中国，许多人都十分简单地将现代性的写作与其文学的传统对立起来，事实上这两者之间的关系是互相推进的关系，因为一个民族的文学传统并不是固定的和一成不变的，它是开放的，它是永远无法完成和永远有待于完成的。因此，文学的现代性是文学传统的继续，或者说是文学传统在其自身变革时的困难活动。正是这样的困难活动不断出现，才使民族的传统或者说是文学的传统保持着健康的成长。

我感到，促使巴托克将其一生中最美好的时光安排在贫穷的农村，音乐只是原因之一，另一个原因更为深远。虽然巴托克自己的解释十分简单，他说："作为一个匈牙利人，我很自然地从匈牙利民歌开始我的工作，但是不久就扩展到邻区——斯洛伐克、罗马尼亚……"可是只要从地理和历史方面去了解一下这几个在夹缝中的中东欧国家，就会对他们民族传统中的特别性格有了更为清晰的了解。

从地理上看，这些把德国和意大利两国同俄国分隔开的国家缺少天然疆界，不多的几条山脉都被河流切断，一方面不能阻绝游牧部落，另一方面更无法抵挡一支所向披靡的军队。从历史上看，这些国家的命运时常没有掌握在自己的手中，1815年的维也纳会议就是一个例证，遭受侵略、兼并和凌辱似乎构成了这些国家的历史。

我在想，当年巴托克从民间旋律中去寻找民族传统中的特别性格，是否也是今天韩国的作家们所从事的工作？我在白乐晴教授的书中和崔元植教授的谈话中听到了这样的声音。从地理和历史这两方面，匈牙利和韩国有着近似之处，让我感到在韩国和匈牙利这样的国家里民族文学的声音异常强烈。我有这样的感受，在大多数国家里文学的兴旺时常会伴随着民族感情的复兴，可是在韩国，在此基础上，文学的创作又创造了这样的感情。

虽然从地理上中国与韩国不同，可是中国的近代史同样是遭受侵略和凌辱的历史。奇怪的是在中国，有关民族的文学似乎只有一种声音，来自政府的声音，也就是白乐晴教授所说的"随便阉割下来"的民族传统。中国今天存在的问题令我不安，去年意大利一家周刊的记者来北京采访我，这位记者告诉我，她来北京还有一个采访的任务，就是了解一下今天中国二十岁左右的年轻人都在关心些什么，她采访了二十位中国的年轻人，结果她吃惊地发现没有一个人知道中国的文化大革命，而对1989年6月4日的事件，也只有三个人知道，可是这些年轻人对美国的情况了如指掌。

这促使我对现在席卷世界的全球化浪潮有了一些警惕，我并不是反对了解美国，美国的文学对我产生过很大的冲击和影响；我也不反对全球化带来的进步，我只是想弄清楚构成全球化的基础是什么，是同一性还是差异性？我的选择是后者，我相信正是各国家各民族的差异才能够构成全球化的和谐，就像构成森林的和谐一样，如果森林中有几个鸟的种类消失，即便它们在森林中是微不足道的，也会引起森林的逐渐流失。因此在今天，寻找和发扬各自民族传统中的特别性格显得尤为重要和紧迫，而且这样的特别性格应该是开放的和互相交流的，用巴托克的话来说就是"杂交和再杂交"，他在中东欧地区采集民间音乐时，发现这样的交流给各民族的音乐都带来了丰富和完善，他说：

"斯洛伐克人吸收了一条匈牙利旋律并加以'斯洛伐克化'，这种斯洛伐克化的形式然后可以被匈牙利人再吸收，加以'再马扎尔化'。我要说'幸运地'这个词，因为这种再马扎尔化的形式将不同于原来的匈牙利旋律。"

（此文是在韩国民族文学作家会议上的演讲）

一九九九年六月五日

没有一条道路是重复的

应《环球时报》周晓苹女士的邀请，我来为这部出色的小说集作序。其实这份工作应该属于陈众议教授，正是他的不懈支持，当然还有周晓苹的努力工作，才有了今天《小说山庄》的结集出版。

我不知道如何来谈论这部书带给我的阅读感受，这样的感受就像是在热烈的阳光里分辨着里面不同的颜色。这里的作者遍及世界各地，他们来自不同的国家和民族，生活在不同的时代，他们有着不同的宗教信仰和不同的语言文化，有着不同的肤色和不同的年龄，还有不同的嗜好和不同的习惯。太多的不同使他们无法聚集到一起，可是文学做到了，他们聚集到了这部书中，就像不同的颜色被光的道路带到了阳光里。

阅读这部书有时候仿佛是在阅读一幅世界地图，然而我们读到的并不是一张平面的纸，在那些短小的篇幅里，在那些巧妙的构思里，在意外的情节和可信的细节的交叉里，在一个个时而让人感动时而让人微笑的故事里，我们读到了什么？我觉得自己读到了一段段的历史，读到了色彩斑斓的风俗，读到了风格迥异的景色，当然这是人的历史，人的风俗和人的景色，因为在我们读到的一切里，我们都读到了情感的波动。我想这就是文学，文学中的情感就像河床里流动和起伏的水，使历史、风俗和景色变得可以触摸和可以生长。所以这部书并不是一幅关于国家和城市的地图，也不是关于航线和铁路的地图，这一幅地图是由某一个村庄、某一条街道、某一幢房屋、某一片草地和某一个山坡绘成的，或者说它是由某一个微笑、某一颗泪珠、某一个脚步、某一个眼神和某一个转瞬即逝的念头堆积起来的。它是由生活的细节和想象的细节来构成的，如同一滴一滴的水最终汇成了无边无际的大海一样。

世界上没有一条道路是重复的，也没有一个人生是可以替代的。每一个人都在经历着只属于自己生活，世界的丰富多彩和个人空间的狭窄使阅读浮现在了我们的眼前，阅读打开了我们个人的空间，让我们意识到天空的宽广和大地的辽阔，让我们的人生道路由单数变成了复数。文学的阅读更是如此，别人的故事可以丰富自己的生活。阅读这部书就是这样的感受，在这些各不相同的故事里，在这些不断变化的体验里，我们感到自己的生活得到了补充，我们的想象在逐渐膨胀。更有意思的是，这些与自己毫无关系的故事会不断地唤醒自己的记忆，让那些早已遗忘的往事和体验重新回到自己的身边，并且焕然一新。阅读一部书可以不断勾起自己沉睡中的记忆和感受，我相信这样的阅读会有益于自己的身心健康。

二〇〇一年十月十五日

谁是我们共同的母亲

　　了解八十年代中国文学的人，几乎都知道在 1987 年出现了一部著名的小说——《欢乐》，同时也知道这部作品在问世以后所遭受到的猛烈攻击。值得注意的是这样的攻击来自四面八方，立场不同的人和观点不同的人都被攻击团结到了一起，他们伸出手（有些人伸出了拳头）愤怒地指向了一部不到七万字的虚构作品。

　　于是《欢乐》成为了其叙述中的主角齐文栋，虚构作品的命运与作品中人物的命运重叠到了一起，齐文栋内心所发出的喊叫"……富贵者欺负我，贫贱者嫉妒我，痔疮折磨我，肠子痛我头昏我，汗水流我腿软我，喉咙发痒上腭呕吐我……乱箭齐发……"也成为了虚构作品《欢乐》的现实处境。

　　人们为什么要对《欢乐》乱箭齐发呢？这部讲述一个少年如何在一瞬间重新经历一生的故事，或者说这部回光返照的故事在什么地方冒犯了他们？

对《欢乐》的拒绝首先是来自叙述上的，《欢乐》冒犯的是叙述的连续性和流动性，叙述在《欢乐》里时常迷失了方向，这是阅读者所不能忍受的。对于正规的阅读者来说，故事应该像一条道路、一条河流那样清晰可见，它可以曲折，但不能中断。而《欢乐》正是以不断的中断来完成叙述。

另一方面，《欢乐》的叙述者对事物赤裸裸的描叙，可以说是真正激怒了阅读者，对《欢乐》异口同声的拒绝，几乎都是从那个有关跳蚤爬上母亲身体的段落发出的，于是它成为了一个著名的段落，就像是某一幅著名的肖像那样。与此同时，莫言对母亲亵渎的罪名也和他作为作家的名字一样显赫了。

现在，让我们来重温一下这个著名段落：

……跳蚤在母亲紫色的肚皮上爬，爬！在母亲积满污垢的肚脐眼里爬，爬！在母亲泄了气的破气球一样的乳房上爬，爬！在母亲弓一样的肋条上爬，爬！在母亲的瘦脖子上爬，爬！在母亲的尖下巴上、破烂不堪的嘴上爬，爬！母亲嘴里吹出来的绿色气流使爬行的跳蚤站立不稳，脚步趔趄，步伐踉跄；使飞行的跳蚤仄了翅膀，翻着筋斗，有的偏离了飞行方向，有的像飞机跌入气涡，进入螺旋。跳蚤在母亲金红色的阴毛中爬，爬！——不是我亵渎母亲的神圣，是你们这些跳蚤要爬，爬！跳蚤不但在母亲的阴毛中爬，跳蚤还在母亲的生殖器官上爬，我毫不怀疑有几只跳蚤钻进了母亲的阴道，母亲的阴道是我用头颅走过的最早的、最坦荡最曲折、最痛苦也最欢乐的漫长又短暂的道路。不是我亵渎母亲！不是我亵渎母亲！！不是我亵渎母亲！！！是你们，你们这些跳蚤亵渎了母亲也侮辱了我！我痛恨人类般的跳蚤！写到这里，你浑身哆嗦像寒风中的枯叶，你的心胡乱跳动，笔尖在纸上胡乱划动……

乱箭齐发者认为莫言亵渎了母亲，而莫言用六个惊叹号来声明没有亵渎母亲。接下去是我，作为《欢乐》的读者，1990年第一次读到跳蚤这一段时，我被深深打动；1995年3月我第二次阅读到这里时，我终于流下了眼泪，我感到自己听到了莫言的歌唱，我听到的是苦难沉重的声音在歌唱苦难沉重的母亲……母亲的肚皮变成了紫色，母亲的肚脐眼积满了污垢，母亲的乳房是泄了气的破皮球，母亲的肋条像弓一样被岁月压弯了，母亲的瘦脖子、尖下巴还有破烂不堪的嘴……这就是莫言歌唱的母亲，她养育了我们毁灭了自己。

同一个事物产生了两种截然不同的声音，指责《欢乐》的他们和被《欢乐》感动的我，或者说是我们。

因此问题不再是母亲的形象是不是可以亵渎，而是莫言是不是亵渎了母亲这个形象，莫言触犯众怒的实质是什么？

一目了然的是他在《欢乐》里创造了一个母亲，不管这个母亲是莫言为自己的内心创造的，还是为别人的阅读创造的，批评者们都将齐文栋的母亲视为了自己的母亲。

问题就在这里，这是强迫的阅读，阅读者带着来自母亲乳头的甜蜜回忆和后来的养育之恩，在阅读《欢乐》之前已经设计完成了母亲的形象，温暖的、慈祥的、得体的、干净的、伟大的……这样一个母亲，他们将自己事先设定的母亲强加到齐文栋的母亲之上，结果发现她们不是一个母亲，她们叠不到一起，最重要的是她们还格格不入。

　　齐文栋的母亲为什么一定要成为他们的母亲呢？叙述者和阅读者的冲突就在这里，也就是母亲应有的形象是不是必须得到保护？是不是不能遭受破坏？就是修改也必须有一些原则上的限定。

　　因此，母亲的形象在虚构作品中逐渐地成为了公共产物，就像是一条道路，所有的人都可以在上面行走；或者是天空，所有的人都可以抬起头来注视。阅读者虽然有着不同的经历，对待自己现实中的母亲或者热爱，或者恨，或者爱恨交加，可是一旦面对虚构作品中的母亲，他们立刻把自己的现实，自己的经历放到了一边，他们步调一致地哭和步调一致地笑，因为这时候母亲只有一个了，他们自己的母亲消失到了遗忘之中，仿佛从来就没有过自己的母亲，仿佛自己是从试管里出来的，而不是莫言那样："母亲的阴道是我用头颅走过的最早的、最坦荡最曲折、最痛苦也最欢乐的漫长又短暂的道路。"

　　所以，当莫言让一只跳蚤爬进齐文栋母亲的阴道时，莫言不知道自己已经伤天害理了，他让一只跳蚤爬进了他们的母亲，即属于一个集体的母亲的阴道，而不是齐文栋一个人的母亲的阴道。

　　母亲的形象在很多时候都只能是一个，就像祖国只有一个那样。另一方面对于每一个个人来说，母亲确实也只能是一个，一个人可以在两个以上的城市里居住，却不能在几个子宫之间旅游，来自生理的优势首先让母亲这个形象确定了下来，就像是确定一条河流一条道路，确定了母亲独一无二的地位。于是母亲这个词语就意味着养育，意味着自我牺牲，意味着无穷无尽的爱和无穷无尽的付出，而且这一切当我们还在子宫里时就已经开始了。

所以当他们拒绝《欢乐》时，很大程度上是因为《欢乐》中母亲的形象过于真实，真实到了和他们生活中的母亲越来越近，而与他们虚构中的母亲越来越远。这里表达出了他们的美好愿望，他们在生活中可以接受母亲的丑陋，然而虚构中的母亲一定要值得他们骄傲。因为他们想得到的不是事实，而是愿望。他们希望看到一个不是自己的母亲，而是一个属于集体的母亲。这个母亲可以这样，也可以那样，但必须是美好的。而《欢乐》中齐文栋的母亲却是紫色的肚皮，弓一样的肋条，破烂的嘴巴。

在我们的语言里（汉语），几乎不可能找到另一个词语，一个可以代替或者说可以超越"母亲"的词语，母亲这两个字在汉语里显示出了她的至高无上。也许正因为她高高在上，母亲这个词语所拥有的含义变得越来越抽象，她经常是一个国家、一个民族、一条著名河流的代名词，甚至经常是一个政党的代名词。而当她真正履行自己的职责，在儿女的面前伸过去母亲的手，望过去母亲的目光，发出母亲的声音时，她又背负沉重的道义，她必须无条件地去爱，她甚至都不能去想到自己。这时候她所得到的回报往往只是口语化的"妈妈"或者口语化的"娘"，除此以外还有什么呢？在现实中她可以得到儿女更多的回报，然而作为一个语言中最为高尚的典范，母亲这个词语是不应该有私心杂念的。

这就是人们为什么要歌唱母亲，被母亲热爱的人在歌唱，被母亲抛弃的人也在歌唱，值得注意的是他们所歌唱的母亲，在很大程度上已经是虚构的母亲了。事实上歌唱本身具有的抒情和理想色彩已经决定了歌唱者的内心多于现实，人们在歌唱母亲的时候，其实是再一次地接受了母亲所给予的养育，给予的爱，尽管这是歌唱者自己虚构出来的，可是这虚构出来的爱往往比现实中所得到的爱更为感人，因此歌唱母亲成为了人们共同的愿望，同时也成为了人们表白自己良知的最好时刻。

现在让我们重新回到《欢乐》里来，当他们认为《欢乐》亵渎了母亲这个形象时，事实上是在对一种叙述方式的拒绝，在他们看来，《欢乐》的叙述者选择了泥沙俱下式的叙述，已经违反了阅读的规则，更为严重的是《欢乐》还选择了丧失良知的叙述。

所以我们有必要再来看看莫言的这部作品，这部在叙述上有着惊人力量的作品怎样写到了母亲。

作为母亲的儿子，作为《欢乐》叙述的执行者，齐文栋走上告别人世之路时，他的目光已经切割了时间，时间在《欢乐》里化作了碎片，碎片又整理出了一个又一个的事实，如同一场突然来到的大雪，在我们的眼前纷纷扬扬。

叙述语言的丰富变化和叙述事实的铺天盖地而来，让我们觉得《欢乐》这部不到七万字的虚构作品，竟然有着像土地一样的宽广。而这一切都发生在一双临终的眼睛里，发生在一条短暂的道路上，齐文栋走上自我毁灭时的重温过去，仿佛是一生的重新开始，就像他重新用头颅走过了母亲最坦荡最曲折、最痛苦也最欢乐的漫长又短暂的阴道。

在齐文栋临终的眼睛里，母亲是瘦小的，软弱的，并且还是丑陋的，就像那个充满激情和热爱的段落里所展示的那样：肚脐眼积满了污垢，弓一样的肋条和破烂不堪的嘴。

应该说，这样的母亲正在丧失生存的能力，然而齐文栋所得到的唯一的保护就是来自于这样一个母亲。

齐文栋，一个年轻的，虽然不是强壮的，可也是健康的人，被这样的一个母亲爱护着。在这里，莫言用强壮的声音来讲述软弱的力量。这正是莫言对现实所具有的卓越的洞察能力，也是莫言卓越的叙述所在。

为什么一定要抬起头来才能看到天空呢？低着头时同样也能看到天空，不管他是用想象看到的，还是用别的更为隐秘的方式看到的，总之他看到天空的方式与众不同。而更多的人往往是在流鼻血的时候，才会被迫抬起头来去看天空。

在《欢乐》里，莫言叙述的母亲是一个衰落了的母亲。可以说是所有的人都有机会亲眼目睹自己母亲的衰落，母亲从最开始的强大，从年轻有力，胸前的乳房里有着取之不尽的乳汁开始，慢慢地走向衰落，乳房成了泄了气的破皮球，曾经保护着我们的母亲需要我们来保护了。穿越车辆不断的马路时，不再是她牵着我们的手，而是我们牵着她的手了。

莫言讲述的正是这样一个令人悲哀的事实，一个正在倒塌的形象，然而这时候的母亲恰恰又是最有力量的，正像一位英国女作家所说的那样："时间和磨难会驯服一个青年女子，但一个老年妇女是任何人间力量都无法控制的。"

　　因此莫言在《欢乐》里歌唱母亲全部的衰落时，他其实是在歌唱母亲的全部荣耀；他没有直接去歌唱母亲昔日的荣耀，是因为他不愿意在自己的歌唱里出现对母亲的炫耀；他歌唱的母亲是一个真实的母亲，一个时间和磨难已经驯服不了的母亲，一个已经山河破碎了的母亲。

　　正是这样的母亲，才使我们百感交集，才使我们有了同情和怜悯之心，才使我们可以无穷无尽地去付出自己的爱。

　　当那只跳蚤出现时，从母亲紫色的肚皮上出现，爬上母亲弓一样的肋条，最后又爬进了母亲的阴道。这时候的跳蚤已经不是现实中的跳蚤了，它成为了叙述里的一个惊叹号，或者是歌唱里跳跃的音符，正是它的不断前行，让我们看到了母亲的全部，母亲的过去和母亲的现在，还有母亲的末日。当它最后爬进母亲的阴道时，正是齐文栋寻找到了自己生命的开始。

　　然而很多人拒绝了这只跳蚤，他们指责了跳蚤，也指责了莫言，指责跳蚤是因为跳蚤自身倒霉的命运，指责莫言是因为莫言选择了跳蚤。

　　莫言为什么要选择跳蚤？在这个问题之前应该还有一个问题，就是《欢乐》的叙述为什么要选择莫言？

　　毫无疑问，这只跳蚤是激情的产物。作为叙述基础的母亲是一个什么样的母亲呢？这一点人们已经知道了，知道她的紫色肚皮，她的瘦脖子和破烂嘴巴，来到这样的母亲身上的只能是跳蚤了，如果让一颗宝石在母亲的紫色肚皮上滚动，这情景一定让人瞠目结舌。

因此，跳蚤的来到并不是出于莫言的邀请，而是叙述中母亲的邀请，那个完全衰落了的母亲的邀请。就像倒塌的房屋不会去邀请明亮的家具，衰落了的母亲除了跳蚤以外，还能邀请到什么呢？

可是他们没有这样认为，他们认为莫言在《欢乐》里让一只跳蚤爬进了母亲的阴道，所以莫言亵渎了母亲——在这句简单的话语里，我们看到了来自语言的暴力，这句话语本身的逻辑并没有什么不合理之处，问题是这句话语脱离了《欢乐》完整的叙述，断章取义地将自己孤立起来，然后粗暴地确立了莫言亵渎的罪名。

当一个少女用她美丽的眼睛看着我们时，我们都会被她眼睛的美丽所感动，可是把她的眼睛挖出来以后再拿给我们看时，我们都会吓得屁滚尿流。

现在他们就像是挖出少女的眼睛一样，将这个段落从《欢乐》的叙述里挖了出来。有经验的阅读者都应该明白这样一个道理，叙述的完整性是不能被破坏的。我们看着同样的一块草地，一块青翠的闪耀着阳光的草地，叙述让我们在鸟语花香的时候看着它，和经历了一场灾难一切都变成废墟以后，叙述再让我们看看依然青翠的草地时，我们前后的感受绝然不同。

《欢乐》的遭遇让我们想到什么是经典形象，经典形象给后来的叙述带来了什么？

　　让我们闭上眼睛来想一想，我们所读过的所有叙述作品，这些不同年代、不同地域、不同时间里出现的作品，在这一刻同时来到我们的记忆中时，作品原有的叙述已经支离破碎，被我们所记住的经常是一段有趣的对话，或者是一段精彩的描叙，而这些都和叙述中的人物形象有关，因此让我们牢牢记住就是一个又一个的人物，我们不仅记住了他们的言行，也记住了他们的外貌，以及他们的隐私。

　　于是这些人物的形象成为了经典，毫无疑问这是文学在昔日的荣耀，并且长生不老，是一代又一代的阅读者的伙伴。应该说这些经典形象代表的是文学的过去，而不是今天，更不是我们文学的未来。

　　然而当很多人要求现在的作家应该像巴尔扎克、卡夫卡，或者像曹雪芹、鲁迅那样写作时，问题就出来了，我们今天的写作为什么要被过去时代的写作所笼罩呢？

　　人们觉得只有一个高老头太少了，只有一个格里高尔·萨姆沙太少，只有一个阿Q、一个贾宝玉也太少了，他们希望这些经典形象在后来的作家那里不停地被繁殖出子孙来。

　　从这里我们开始意识到经典形象代表了什么，它代表了很多人共同的利益和共同的愿望，经典形象逐渐地被抽象化了，成为了叙述中的准则和法规。人们在阅读文学作品的时候，对形象的关注已经远远超过对一个活生生的人的关注。就像是一场正在进

　　　　　　　　　　　　　　　　　　　| 余华作品

行中的时装表演，人们关注的是衣服，而不是走动的人。

这里出现了一个值得注意的现象，虚构作品在不断地被创作出来的同时，也确立了自身的教条和真理，成为了阅读者检验一部作品是否可以被接受的重要标准，它们凌驾在叙述之上，对叙述者来自内心的声音充耳不闻，对叙述自身的发展漠不关心。它们就是标准，就是一把尺或者是一个圆规，所有的叙述必须在它们认可的范围内进行，一旦越出了它们规定的界线，就是亵渎……就是一切它们所能够进行指责的词语。

因此，人们在《欢乐》里所寻找的不是——谁是我的母亲，而是——谁是我们共同的母亲。

一九九五年四月十一日

歪曲生活的小说

　　第奇亚诺·斯卡尔帕生于1963年的威尼斯，与苏童同龄。我见过他两次，第一次在罗马，在一家古老的餐馆里；第二次在都灵，在鸵鸟出版社的一个聚会上。第奇亚诺·斯卡尔帕是一个生机勃勃的光头男人，他和人拥抱时十分用力，而且喜形于色。《亲吻漫画》是他的第一部小说作品，也是我第一次读到的他的作品。这个光头以前写过故事等其他形式的作品，后来也写过不少，他的主要作品有《宣言》、《阅读》、《影线》和《团结》等等，我想以后会有机会读到这些作品的中文版。

　　《亲吻漫画》是一部歪曲生活的小说，我的意思是第奇亚诺·斯卡尔帕为我们展示了小说叙述的另一种形式。当我们的阅读习惯了巴尔扎克式的对生活丝丝入扣的揭示，还有卡夫卡式的对生活荒诞的描述以后，第奇亚诺·斯卡尔帕告诉我们还有另外一种

146　　　　　　　　　　　　　　　**｜ 余华作品**

叙述生活的小说，这就是歪曲生活的小说。

这部小说在一个女人和两个男人之间展开，不过这不是一部通常意义上的三角爱情小说，他们之间似乎有一些爱情，问题是第奇亚诺·斯卡尔帕的叙述油腔滑调，使小说中原本就寥寥无几的爱情也散发出了阵阵馊味。这三个人都是大学生，卡罗琳娜是美术学院的学生，她的谋生手段是给一家日本的漫画杂志补画人体的生殖器官，她的才华是为了让这些器官变得稀奇古怪和扑朔迷离，她认为自己的工作是要重新塑造这些玩意儿，而不是惟妙惟肖地去展示它们，一句话就是要歪曲它们。法布里齐奥是经济专业的学生，他的房东太太不相信香奈尔或者兰蔻这类化妆品，而是迷恋于年轻男子的精液，于是法布里齐奥每天都要为这位房东太太像挤奶一样挤两次精液，以此作为他的房费。阿尔弗雷德学的是文学，他正在准备一份让他时常陷入噩梦的论文，这篇论文是专门议论陀思妥耶夫斯基小说中的反面人物。

应该说阿尔弗雷德是小说的叙述者，这位沉沦在"极度的苦闷和毁灭性的幻想之间"的陀思妥耶夫斯基的研究者，在4月的某一个下午走出了图书馆，他想闻一闻雨的味道，然后上了一艘小轮渡汽船。就这样故事开始了，阿尔弗雷德遇上了卡罗琳娜。当时的卡罗琳娜一副精神失常的模样，她浑身湿透，腹泻的污迹从裙子下面滴下来，渗到浅色的袜子上，若无其事的卡罗琳娜随后翻身跳进了大运河。阿尔弗雷德与卡罗琳娜相遇之后，他研究的热情开始从陀思妥耶夫斯基的反面人物转到了卡罗琳娜这里，他收集整理了这位姑娘以及她和法布里齐奥关系的消息、资料和日记。整部小说的叙述似乎就是消息、资料和日记，如同烟火似的零散和耀眼。卡罗琳娜和法布里齐奥是一对年轻的情人，可是若要从他们那里去寻找爱情，就像在两棵枯树身上寻找绿色一样困难。法布里齐奥每天必须两次将自己的精液挤出来，带着体温贡献给房东太太已经衰老而且还在衰老的脸，当他再面对卡罗琳娜时，他还有什么呢？卡罗琳娜也强不到哪里去，由于经济拮据她只能住在爷爷的房子里，她那好色的爷爷连孙女都不会放过。卡罗琳娜不堪忍受爷爷的性入侵，决定搬走，于是她的爷爷就向她保证再不会强暴她了，她留了下来，可是没多久，她的爷爷又重操旧业，卡罗琳娜夺门而出，在雨中走上了轮渡汽船。小说结尾时解答了开始时留下的疑问，卡罗琳娜为什么走在人群里时让腹泻物顺着腿往下滴？卡罗琳娜为什么跳进了大运河？

第奇亚诺·斯卡尔帕在这部小说中尽情发挥了他歪曲生活的才华，叙述是由截然不同的两组语言组成，一部分是堂皇的书面语言，另一部分则是粗俗的垃圾语言，两类风格的语言转换自如，就像道路和道路的连接一样，让阅读在叙述转弯的时刻几乎没有转身的感觉。这样的叙述风格有助于第奇亚诺·斯卡尔帕写作的欲望，这个光头作家在描述生活时，甚至是浅显明白的生活时，使用的差不多都是被歪曲或者正在被歪曲的材料，他这样做其实是为了让生活在我们的视野里突出起来，或者说让我们的感受在我们的生活中浮现出来。

我想这是第奇亚诺·斯卡尔帕歪曲生活的真正用意，也是他写作的乐趣所在。值得注意的是，第奇亚诺·斯卡尔帕在使用那些歪曲的材料时，并不是将它们建立在虚无之上，或者说建立在歪曲之上。恰恰相反，他将这些歪曲了的材料建立在扎实的生活之上，而且很好地去把握这中间的分寸。当写到卡罗琳娜跳进大运河，阿尔弗雷德也跳进水中去救她时，第奇亚诺·斯卡尔帕没有忘记一个小小的生活细节，他让阿尔弗雷德在落水之前先将照片塞进衬衣里。那是阿尔弗雷德为关于陀思妥耶夫斯基那篇论文所筛选的照片。我的意思是说，第奇亚诺·斯卡尔帕在这样的叙述里要做的不是抹杀什么，而是要抢救什么。让那些逐渐消散到岁月里的记忆，让那些逐渐淹没在生活中的奇思妙想重新出人头地。有时候，歪曲生活的叙述比临摹生活的叙述更加接近生活本身，第奇亚诺·斯卡尔帕很轻松地证明了这一点。

很多年前，我在阅读法国作家拉伯雷的小说《巨人传》时，曾经读到过拉伯雷引用的大段的法国民间谚语，其中有一句让我至今难忘，意思是若要不让狗咬着你，最好的办法就是永远跑在狗的屁股后面。我在想，要是用跑在狗的屁股后面这样的思维方式来阅读这部《亲吻漫画》，那么就有可能获得更多的乐趣。

二〇〇三年一月二日

奢侈的厕所

在最近的十来年里，厕所的奢侈之风悄然兴起，我说的悄然，不是指遮人耳目的隐蔽的行为，恰恰相反，厕所变得越来越体面的过程是公开的和显而易见的，与建造一家豪华的饭店一样，厕所的改造和兴建也必须依赖于建筑工人，只不过工人的人数被减少，使用的工具简单而已，问题是很多人对厕所的日新月异视而不见，我想，这里面涉及到了厕所的地位，涉及到了人们对它的态度。在中国大陆，厕所的地位一直以来都是卑下的，人们需要它可又瞧不起它，因为那是屙屎撒尿的地方，换句话说那是排泄的场所，排泄可能是人身上最不值得炫耀的事了，人们经常赞美头发、眼睛、洁白的牙齿，赞美胃口好，赞美肺活量大，还有心跳坚强有力，可是说到排泄，人们就一声不吭了，正是这约定俗成的沉默和回避，使人们疏忽了厕所的变化，看不见它奢侈起来的外表，就像是一位丑陋的女人那样，穿上再漂亮的衣服走到街上，也不会引人注目。

然而最终人们还是发现了，自然这发现是取消了过程的发现，人们在某一时刻意识到厕所原有的形象突然没有了，它不再是设置在路边或者胡同深处的简陋低矮的建筑，不再是墙壁斑驳和瓦片残缺，还有门窗变形的建筑，厕所一下子变成了西洋式的别墅、中国式的庙宇，还有其他形形色色的。在短短十来年时间里，中国大陆的厕所显示出了强烈的欲望，只要这个世界上存在的建筑形式，它们都在极力地表达出来。于是在最初的时候，在人们没有反应过来的时候，人们站在大街上愁眉不展，他们突然感到厕所一下子变得很难找到了，其实那时候厕所就在他们身后，因为厕所的建筑显得豪华和气派，使他们就是看到了也不会认为这就是厕所。还有当人们来到公园，来到某一个游览胜地，常常会看到一座十分漂亮的房屋，房屋前面还有一大块草坪，对于那些住在狭窄的胡同、低矮拥挤的房屋里的大多数中国人来说，自然会有照相留影的欲望，他们站在草坪上，整座房屋是背景，草坪也要照进去，这一时刻人们表达了对美好生活的向往，在照相机快门按下的一瞬间，他们幸福地成为了身后漂亮的房屋以及草坪的主人，然后他们才发现身后的房屋其实是厕所。

奢侈起来的厕所意味着什么？首先它向人们提供了就业和消费的机会。厕所简陋的形象得到改变，是因为厕所不再像过去那样无偿地为人们服务，它不再是路边的或者胡同深处无人照管的破烂建筑，它变得十分体面了，同时它开始收费了。人们发现厕所内部的格局有了变化，在"男士"和"女士"之间出现了一扇窗户，窗户里坐着一位这类最新职业的受益者，他或者她，像是出卖戏票似的出卖着一张一张裁剪过的卫生纸，准备方便自己的人们手持着卫生纸在窗户的两侧鱼贯而入。

在南方一些城市里，人们发现一个改造过的厕所里存在着一个家庭，在那些十分有限的空间里，床、柜子什么的应有尽有，一对夫妻在里面轮流着收费，他们的孩子到了上学的年龄后也和别人家的孩子一样背上了书包。

应该说，厕所奢侈之后迅速形成的这一新的职业，以及这一职业在一些地方开始趋向家庭化，是社会重新分配的结果，从事这一新职业的，基本上是城市的无业者和放弃了田地的农民，他们愿意从事这样的职业，一方面可能是生活所迫，另一方面也证明了这一职业自身的吸引力以及不错的前景。

毕竟，在中国人的观念里，这一职业实在不够体面，从而至今还没有一个准确的名称，说他们是环卫工人显然没有理由，那么厕所管理员？可是有多少人愿意在自己职业的名称前面加上厕所两个字呢？他们从事的职业可以说是所有的人都不愿意从事的，他们是不是社会福利工作者？遗憾的是他们工作的性质恰恰是取消了福利，厕所作为国家与社会的财产，一直以来都是无偿地向人们提供服务，现在他们成为了就业者，他们向走来的人伸出了手，他们不仅养活了自己，还养活了一个家庭，并且在银行里拥有了自己的存款。

厕所奢侈之后造就出来的这一新的职业，这一新的职业又迅速覆盖过去，人们注意到不仅奢侈了的厕所开始收费，就是那些仍然陈旧的厕所也收费了，这个事实的来到意味着无偿时代终结了，社会原有的一些福利事业转换成有偿的商业行为，是一个时代对另一个时代的挑衅，前者正在告诉后者：在今天这个时代里，没有福利，也没有义务，只有买和卖。同时也意味着价值观念的彻底改变，自尊与高尚的含义究竟是什么？今天的人在面临饥饿与卑贱时，他们肯定会去选择卑贱，因为这才是真正的自尊，在今天，一切能够挽救饥饿的行为都是高尚的。

从事厕所收费工作的人也是国家的雇员，在中国大陆，起码是现在，公共场所的厕所没有一个是私人财产，都是国家所拥有，他们都为国家工作，同时也为自己谋取一份收入，当然他们不是注册的国家工作人员，在专管国家职员的人事部门也找不到他们的档案，他们是新体制的产物，同时又生活在旧体制的边缘上，恰恰是这些人向我们展示了今后社会的人际关系，他们将人和人的关系单纯到了一张卫生纸和两角钱的交换。

厕所提供了新的职业以后，让那些离家在外又必须上厕所的人们突然意识到一种新的消费行为，排泄也成为了消费，这是绝大多数中国人都感到陌生的事物，对于他们来说，上厕所的行为与去商场购物或者去饭店进餐是绝然不同的，后者使自己增加了一些什么，而且这增加的什么又是必需的，是自己想要得到的，可是上厕所就不会得到任何必需品，更不会得到奢侈品了，上厕所的行为恰恰相反，它不是为了得到什么，而是去丢掉一些什么，丢掉那些已经毫无用处的，并且成为自己负担的东西，显然，这些东西是必须丢掉的。

因此，对于中国人来说上厕所其实就像是倒掉垃圾，起码和倒掉垃圾是等同的行为。现在，奢侈起来的厕所向人们伸出了手，告诉人们就是扔掉不想要的东西时，也应该立刻付钱。不仅得到什么时要付出，就是丢掉什么时也同样要付出。

这是新的行为准则，也是现代社会对人的自我越来越扩张后的一个小小的限制行为，对于中国人显然是有益的，因为我们至今还没有完全明白这样的道理，就是自己不想要的东西也是不可以随便扔掉的。就像随地吐痰一样，绝大多数的在大陆的中国人还保持着这样的习惯。

应该说，厕所的历史表达了人类如何自我掩盖的历史，使厕所成为建筑物，并且将"男士"与"女士"一分为二，是人类羞耻感前进时的重要步伐，人们就是从那时开始知道什么应该隐藏起来，什么时候应该转过身去。与此同时，人们也对生理的行为进行了价值判断，进食与排泄，对于生命来说是同等重要，可是在人们的观念中却成为了两个意义绝然相反的事实，前者是美好的，而后者却是丑陋的，这是让生理的行为自己去承担各自在道义上的责任，其结果是人们可以接受拿着面包在街上边吃边走的事实，却无法容忍在大街上排泄着行走。

正是这样，上厕所的行为便作为了个人隐私的一部分，它是不公开的行为，是悄然进行中的行为。然而厕所一旦变得奢侈之后，也就使上厕所成为了公开化的行为，因为它进入了消费的行列，确立了自主的买卖关系。这样一来，使上厕所这个传统意义上的隐秘行为也进入了现代社会仪式化的过程，不管人们的膀胱如何胀疼，上厕所之前必须履行一道手续，就像揭幕仪式上的剪彩或者凭票入场那样，上厕所的行为不再是一气呵成了，它必须中断，必须停顿一下，履行完一道手续之后才能继续下去。

这里的中断和停顿，使上厕所的行为突然显得重要起来，人们注意到自己是在消费，是在做一件事，是在完成着什么，而不是随便吐了一口痰，丢掉一张废纸，甚至都不是在上厕所了。一句话，行为过程中的停顿恰恰是对行为的再次强调，停顿就是仪式，而进行中的仪式往往使本质的行为显得含糊不清，就像送葬的仪式或者是结婚的仪式，人们关注的是其严格的程序，是否隆重？是否奢侈？而人们是否真正在悲哀，或者真正在欢乐，就显得并不重要了。奢侈的厕所使人们在心里强调了厕所的重要以后，又让人们遗忘了自己正在厕所中的行为。当一个人从外形气派、里面也装饰得不错的厕所里出来时，他会觉得自己没有去过厕所。

因此从根本上来说，厕所逐渐奢侈起来是商业行为延伸和扩张之后的结果，也就是说这些在建筑形式上推陈出新的厕所不是为了向人们提供美感，虽然它们顺便也提供了美感，同时它们更多地提供了意外，总之它们提供的只是形式，而得到的则是实质，人们向它们提供了纸币和硬币，这正是厕所奢侈起来的唯一前提。毕竟它们不是油画中的静物，而且街道与胡同也不是画廊。就像世界公园、民族村之类的建筑，这些微缩景观真正引人注目的不是建筑本身，而是游客接踵而至时的拥挤情景。

厕所在建筑上越来越出其不意，倒是这个时代崇尚快感，追求昙花一现的表达，它和同样迅速奢侈起来的饭店以及度假村之类的建筑共同告诉人们：在这个时代里，一个行为刚开始就已经完成了，一句话刚说出就已经过时。

这些本来是最为卑贱的建筑突然变得高贵起来，而这一切似乎是在一夜之间完成的。今天，人们经常看到在一些陈旧的住宅区里，厕所显得气派和醒目。在那里，人们居住的房屋，人们行走的街道显得破旧和狭窄，从远处看去就像是一堆灰尘那样，倒是厕所以明亮的色彩和体面的姿态站在中间，仿佛是一览众山小。起码是在建筑上，厕所有足够的理由傲视着这些灰暗的风尘仆仆的住宅。

这里面出现了一个完全颠倒了的事实，那就是应该体面和气派起来的住宅仍然摆脱不了破旧的命运，而本来就是破旧的厕所却是迅速地奢侈起来了。住宅对于所有的人来说意味着一个家的存在，是温暖和生活的象征，是人们对幸福的追求和对隐私品尝时的安全之地，一句话，是人们赞美时的对象和歌颂时的题材。而厕所对于人们又是什么呢？厕所只是人们匆匆去完成的一个生理上的排泄过程，没有人愿意在里面延长这个过程，哪怕是几分钟，而且谁也不会对这个过程去夸夸其谈。相反，人们更愿意去掩饰它，越来越文明的人在上厕所的时候不再提及"厕所"这个词汇了，而是说去卫生间，或者说去盥洗室。当一个人在垃圾里排泄什么时，不会有多少人去指责，人们只是觉得他不过是在垃圾之上再增加一些垃圾而已，如果他将这种排泄行为移到豪华饭

余华作品

店的大堂上，那么他就会遇到使他倒霉的麻烦。这里面似乎说明了厕所自身的悲剧，虽然它在建筑上越来越奢侈，可是在人们的日常生活里，在人们的思维方式中，它始终是卑贱的，厕所永远是厕所，就像人们常说的：狗改不了吃屎。

然而厕所迅速变化的事实，起码是在和人们的住宅比较时呈现的事实，会让人们想到1949年时的土地改革，穷人翻身成为了主人，而富人却开始越来越穷困。此外它还引出了另外一个事实，那就是在这最近的十多年时间里，社会最底层的人，比如无业者，比如刑满释放者，和其他很多失去了工作机会的人，他们迅速暴发起来，这些人曾经被社会拒绝、被人们鄙视，可是在今天成为了人们羡慕的对象，他们不再被认为是二流子了，他们在社会上获得了体面的身份。奢侈起来的厕所似乎也同样如此，它们和那些暴发户一起，共同证明了毛泽东说过的一句话，毛泽东说：卑贱者最聪明，高贵者最愚蠢。

奢侈起来的厕所，以及那些还没有奢侈起来也开始收费的厕所，逐渐地终结了一段历史，那就是在过去几十年里，在公共厕所里集合起来的色情描写正在消失，一方面是建筑上的新陈代谢，另一方面是这个时代对性事物的热衷开始公开化。

而在过去，其实也就是昨天，那些破烂的厕所也是隐蔽之处，人们在那里进行排泄的同时，就用空闲下来的手在墙上书写色情的文字和图案。

那时候厕所就像是白纸一样引诱着人们书写的欲望，那些低矮简陋的建筑里涂满了文字，这些文字是用粉笔、钢笔、铅笔、圆珠笔写出来的，还有石灰、砖瓦，甚至刀子什么的，一切能在墙上留下字迹的手段都用上了，不同的字体交叉重叠在一起，然后指向一个共同的含义，就是性。除了文字以外，还有图案，在过去的几十年里，男女生殖器变形以后潦草的图案，可以说覆盖了所有公共场合的厕所。

书写在厕所墙壁上的有关性与交媾的文字，极大多数与那些图案一样直截了当，它们都是赤裸裸地表达着对性的激动和对交媾的渴望，这些文字在叙述上使用的都是同一种方式，开门见山和直奔主题，而且用词简练有力，如同早泄似的寥寥数语就完成了全部过程。这里面的所表现出来的急迫，不仅仅只是欲望的焦躁不安，更多是暴力，在长时间的性的压抑以后，对交媾的渴望里便出现了暴力的倾向，不管用的是铅笔还是刀子，厕所里的书写者在进行书写时其实是在进行着不被认可的，单方面的暴力行为，就像是正在施行一次强奸。

如此众多的人所参与的有关性的文字书写，又被同样众多的厕所表达出来，应该说这是任何时代都望尘莫及的，在这里，性被公开了，性不再是个人隐私，性成为了集体的行为，而且是整齐的、单纯的、训练有素的集体行为。这种大规模的性的书写，其实是对一个时代的抗议之声。在那个刚刚过去的时代里，人们经受着空前的压抑，异性之间的交往基本上是在胆战心惊中进行，唯一的保障就是婚姻，而婚姻又被推迟了，严厉的晚婚制度使绝大多数男女青年必须长时间地克制自己，在接近三十岁时才有可能获得结婚的权利，除此以外发生的任何性的行为，也就是

　　　　　　　　　　　　　　　　　　　　| 余华作品

说婚姻之外和婚姻之前的性的行为都被认为是罪恶，监狱的大门为此而打开。

这是来自一个时代的禁欲，它和政治的禁欲遥相呼应，或者说性的压抑正是政治上压抑时的生理反应，而涂满了厕所墙壁的色情，是正常生活丧失之后的本能的挣扎。在当时，所有的人穿着同样颜色的衣服，说着同样的话，看不到裙子，听不到有关相爱的话，更不用说谈论性了，那个时候"性"作为一个字已经不存在了，它只有和别的字组成词汇时才会出现，只能混在"性格"、"性别"和"阶级性"这样的词汇之中。

因此书写在厕所里那些有关性的文字和性的图案，在当时是作为解放者来到的，它的来到使人们越来越困难的呼吸多少获得了一些平静，它使人们得到了放松的机会，无论是生理上的，还是来自精神上的，总之它使一个窒息的时代出现了发泄之孔。与此同时，这些以性的身份来到的解放者又是极端的功利，它没有抚摸，没有亲吻，它去掉一切可以使性成为美好的事物，直接就是交媾。

一九九五年一月二日

什么是爱情

　　1999年的时候，比我年轻十三天的朱德庸来到北京，我在三联书店第一次见到了他，同时也见到了他的端庄能干的太太冯曼伦。此后朱德庸每次来北京我们都会见面，自然也会见到冯曼伦。就像在《双响炮》里读到丈夫时，必然会读到妻子一样。

　　这可能是一个不恰当的比喻，但绝不是一个影射。我不是说朱德庸和冯曼伦的家庭生活是另外一部《双响炮》，我要说的是没有一千个男人的形象，朱德庸就不会创造出《双响炮》里的男人；没有一千个女人的形象，朱德庸就不会创造出《双响炮》里的女人；没有一千个家庭的形象，朱德庸就不会创造出《双响炮》中的家庭。

　　有时候一个作者和一部作品的关系总是让人迷惑，当读者在作品中突然读到了自己的感受，甚至是十分隐秘的感受时，心领

160　　　　　　　　　　　　　　　　　　　｜ **余华作品**

神会的美妙经历就会指引着他一路前行，到头来他会想入非非地以为这就是自己的经历，同时也会坚定不移地认为这也是作者的经历。可以这样说，一部作品中所有的人物都是作者自己，因为实实在在的经历并不是作者全部的生活，作者的生活里也包括了想象和欲望，理解和判断，察言观色和道听途说。其实读者也是一样，当他身临其境地读完一部作品后，这部作品中所有的人物也都是他自己了。从这个意义上说，在一部作品完成以后，作者和它的关系并不比读者多。

我想这也是《双响炮》为什么会如此引人入胜如此令人遐想的理由。几年前第一次拿起《双响炮》时，我只是为了随便翻上几页，结果我从夕阳西下一口气读到了旭日东升。在那个不眠之夜里，我差不多经历了一生中所有的笑声，大笑、微笑、嬉笑、苦笑、怪笑、冷笑、暗笑、坏笑、讥笑、似笑非笑，然后我发现自己喜欢上了漫画的方式。朱德庸的夸张简洁传神，将漫长杂乱的人生过滤成了铅笔清晰的线条，他寻找到了令人不安的叙述，男人永远在内心深处拒绝他的妻子，女人则是时时刻刻都在显示自己的不幸，而丈夫是她不幸的永恒的源泉。他们几乎每天吵闹，几乎每天都在盘算着如何摆脱对方和如何统治对方，事实是他们永远也无法摆脱对方，永远也无法真正统治对方。在这样的家庭里读不到爱情，甚至连爱情的泡沫都没有，读到的总是战争，这两个人就是家庭军阀，似乎一旦丧失了吵闹，他们也就丧失了生活的勇气。朱德庸几乎云集家庭生活里所有反面的素材，他表达出来的却是正面的经验，我觉得朱德庸说出了人生中十分重要的内容，那就是相依为命。对于追求片刻经历的男女来说，似乎玫瑰才是爱情；而对于一生相伴的男女来说，相依为命才是真正的爱情。朱德庸就是用这样的方式：一种漫画的巧妙的方式，一种激烈的争吵的方式，一种钝刀子割肉的折磨的方式，一种破罐子破摔的方式，一种死猪不怕开水烫的方式，一种上了贼船下不来的方式，一种两败俱伤的方式，告诉我们什么是爱情。

二〇〇三年一月五日

虚伪的作品

　　现在我似乎比以往任何时候都明白自己为何写作，我的所有努力都是为了更加接近真实。因此在 1986 年年底写完《十八岁出门远行》后的兴奋，不是没有道理。那时候我感到这篇小说十分真实，同时我也意识到其形式的虚伪。所谓的虚伪，是针对人们被日常生活围困的经验而言。这种经验使人们沦陷在缺乏想象的环境里，使人们对事物的判断总是实事求是地进行着。当有一天某个人说他在夜间看到书桌在屋内走动时，这种说法便使人感到不可思议和难以置信。也不知从何时起，这种经验只对实际的事物负责，它越来越疏远精神的本质。于是真实的含义被曲解也就在所难免。由于长久以来过于科学地理解真实，真实似乎只对早餐这类事物有意义，而对深夜月光下某个人叙述的死人复活故事，真实在翌日清晨对它的回避总是毫不犹豫。因此我们的文学只能在缺乏想象的茅屋里度日如年。在有人以要求新闻记者眼中的真实，来要求作家眼中的真实时，人们的广泛拥护也就理所当然了。而我们也因此无法期待文学会出现奇迹。

1989 年元旦的第二天，安详的史铁生坐在床上向我揭示这样一个真理：在瓶盖拧紧的药瓶里，药片是否会自动跳出来？他向我指出了经验的可怕，因为我们无法相信不揭开瓶盖药片就会出来，我们的悲剧在于无法相信。如果我们确信无疑地认为瓶盖拧紧药片也会跳出来，那么也许就会出现奇迹。可因为我们无法相信，奇迹也就无法呈现。

在 1986 年写完《十八岁出门远行》之后，我隐约预感到一种全新的写作态度即将确立。艾萨克辛格在初学写作之时，他的哥哥这样教导他："事实是从来不会陈旧过时的，而看法却总是会陈旧过时。"当我们抛弃对事实做出结论的企图，那么已有的经验就不再牢不可破。我们开始发现自身的肤浅来自经验的局限。这时候我们对真实的理解也就更为接近真实了。当我们就事论事地描述某一事件时，我们往往只能获得事件的外貌，而其内在的广阔含义则昏睡不醒。这种就事论事的写作态度窒息了作家应有的才华，使我们的世界充满了房屋、街道这类实在的事物，我们无法明白有关世界的语言和结构。我们的想象力会在一只茶杯面前忍气吞声。

有关二十世纪文学评价的普遍标准，一直以来我都难以接受。把它归结为后工业时期人的危机的产物似乎过于简单。我个人认为二十世纪文学的成就主要在于文学的想象力重新获得自由。十九世纪文学经过了辉煌的长途跋涉之后，却把文学的想象力送上了医院的病床。

当我发现以往那种就事论事的写作态度只能导致表面的真实以后，我就必须去寻找新的表达方式。寻找的结果使我不再忠诚所描绘事物的形态，我开始使用一种虚伪的形式。这种形式背离了现状世界提供给我的秩序和逻辑，然而却使我自由地接近了真实。

罗布·格里耶认为文学的不断改变主要在于真实性概念在不断改变。十九世纪文学造就出来的读者有其共同的特点，那就是世界对他们而言已经完成和固定下来。他们在各种已经得出的答案里安全地完成阅读行为，他们沉浸在不断被重复的事件的陈旧冒险里。他们拒绝新的冒险，因为他们怀疑新的冒险是否值得。对于他们来说，一条街道意味着交通、行走这类大众的概念。而街道上的泥迹，他们也会立刻赋予"不干净"、"没有清扫"之类固定想法。

当文学所表达的仅仅只是一些大众的经验时，其自身的革命便无法避免。任何新的经验一旦时过境迁就将衰老，而这衰老的经验却成为了真理，并且被严密地保护起来。在各种陈旧经验堆积如山的中国当代文学里，其自身的革命也就困难重重。

当我们放弃"没有清扫"、"不干净"这些想法，而去关注泥迹可能显示的意义，那种意义显然是不确定和不可捉摸的，有关它的答案像天空的颜色一样随意变化，那么我们也许能够获得纯粹个人的新鲜经验。

普鲁斯特在《复得的时间》里这样写道："只有通过钟声才能意识到中午的康勃雷，通过供暖装置所发出的哼声才意识到清早的堂西埃尔。"康勃雷和堂西埃尔是两个地名。在这里，钟声和供暖装置的意义已不再是大众的概念，已经离开大众走向个人。

一次偶然的机会，使我在某个问题上进行了长驱直入的思索，那时候我明显地感到自己脱离常识过程时的快乐。我选用"偶然的机会"，是因为我无法确定促使我思想新鲜起来的各种因素。我承认自己所有的思考都从常识出发，1986 年以前的所有思考都只是在无数常识之间游荡，我使用的是被大众肯定的思维方式，但是那一年的某一个思考突然脱离了常识的围困。

那个脱离一般常识的思考，就是此文一直重复出现的真实性概念。有关真实的思考进行了两年多以后还将继续下去，我知道自己已经丧失了结束这种思考的能力。因此此刻我所要表达的只是这个思考的历程，而不是提供固定的答案。

任何新的发现都是从对旧事物的怀疑开始的。人类文明为我们提供了一整套秩序，我们置身其中是否感到安全？对安全的责问是怀疑的开始。人在文明秩序里的成长和生活是按照规定进行着。秩序对人的规定显然是为了维护人的正常与安全，然而秩序是否牢不可破？事实证明庞大的秩序在意外面前总是束手无策。城市的十字路口说明了这一点。十字路口的红绿灯，以及将街道切割成机动车道、自行车道、人行道，而且来与去各在大路的两端，所有这些代表了文明的秩序，这秩序的建立是为了杜绝车祸，可是车祸经常在十字路口出现，于是秩序经常全面崩溃。交通阻

余华作品

塞以后几百辆车将组成一个混乱的场面。这场面告诉我们，秩序总是要遭受混乱的捉弄。因此我们置身文明秩序中的安全也就不再真实可信。

我在 1986、1987 年写《一九八六年》、《河边的错误》、《现实一种》时，总是无法回避现实世界给予我的混乱。那一段时间就像张颐武所说的"余华好像迷上了暴力"。确实如此，暴力因为其形式充满激情，它的力量源自于人内心的渴望，所以它使我心醉神迷。让奴隶们互相残杀，奴隶主坐在一旁观看的情景已被现代文明驱逐到历史中去了，可是那种形式总让我感到是一出现代主义的悲剧。人类文明的递进，让我们明白了这种野蛮的行为是如何威胁着我们的生存。然而拳击运动取而代之，在这里我们可以看到文明对野蛮的悄悄让步。即便是南方的斗蟋蟀，也可以让我们意识到暴力是如何深入人心。在暴力和混乱面前，文明只是一个口号，秩序成为了装饰。

我曾和李陀讨论过叙述语言和思维方式的问题。李陀说："首先出现的是叙述语言，然后引出思维方式。"

我的个人写作经历证实了李陀的话。当我写完《十八岁出门远行》后，我从叙述语言里开始感受到自己从未有过的思维方式。这种思维方式一直往前行走，使我写出了《一九八六年》、《现实一种》等作品，然而在 1988 年春天写作《世事如烟》时，我并没有清晰地意识到新的变化在悄悄进行。直到整个叙述语言方式确立后，才开始明确自己的思维运动出现了新的前景。而在此之前，也就是写完《现实一种》时，我以为从《十八岁出门远行》延伸出来的思维方式已经成熟和固定下来。我当时给朱伟写信说道："我已经找到了今后的创作的基本方法。"

事实上到《现实一种》为止，我有关真实的思考只是对常识的怀疑。也就是说，当我不再相信有关现实生活的常识时，这种怀疑便导致我对另一部分现实的重视，从而直接诱发了我有关混乱和暴力的极端化想法。

在我心情开始趋向平静的时候，我便尽量公正地去审视现实。然而，我开始意识到生活是不真实的，生活事实上是真假杂糅和鱼目混珠。这样的认识是基于生活对于任何一个人都无法客观。生活只有脱离我们的意志独立存在时，它的真实才切实可信。而人的意志一旦投入生活，诚然生活中某些事实可以让人明白一些什么，但上当受骗的可能也同时呈现了。几乎所有的人都曾发出过这样的感叹：生活欺骗了我。因此，对于任何个体来说，真实存在的只能是他的精神。当我认为生活是不真实的，只有人的精神才是真实时，难免会遇到这样的理解：我在逃离现实生活。汉语里的"逃离"暗示了某种惊慌失措。另一种理解是上述理解的深入，即我是属于强调自我对世界的感知，我承认这个说法的合理之处，但我此刻想强调的是：自我对世界的感知其终极目的便是消失自我。人只有进入广阔的精神领域才能真正体会世界的无边无际。我并不否认人可以在日常生活里消解自我，那时候人的自我将融化在大众里，融化在常识里。这种自我消解所得到的很可能是个性的丧失。

在人的精神世界里，一切常识提供的价值都开始摇摇欲坠，一切旧有的事物都将获得新的意义。在那里，时间固有的意义被取消。十年前的往事可以排列在五年前的往事之后，然后再引出六年前的往事。同样这三件往事，在另一种环境时间里再度回想时，它们又将重新组合，从而展示其新的含义。时间的顺序在一片宁静里随意变化。生与死的界线也开始模糊不清，对于在现实中死去的人，只要记住他们，他们便依然活着。另一些人尽管继续活在现实中，可是对他们的遗忘也就意味着他们已经死亡。而欲望和美感、爱与恨、真与善在精神里都像床和椅子一样实在，它们都具有限定的轮廓、坚实的形体和常识所理解的现实性。我们的目光可以望到它们，我们的手可以触摸它们。

对于 1989 年开始写作或者还在写作的人来说，小说已不是首创的形式，它作为一种传统为我们继承。我这里所指的传统，并不只针对狄得罗，或者十九世纪的巴尔扎克、狄更斯，也包括活到二十世纪的卡夫卡、乔伊斯，同样也没有排斥罗布·格里耶、福克纳和川端康成。对于我们来说，无论是旧小说，还是新小说，都已经成为传统。因此我们无法回避这样的问题，即我们为何写作？我们所有的努力都是为了什么？我现在所能回答的只能是——我所有的努力都是为了使这种传统更为接近现代，也就是说使小说这个过去的形式更为接近现在。

这种接近现在的努力将具体体现在叙述方式、语言和结构、时间和人物的处理上，就是如何寻求最为真实的表现形式。

当我越来越接近三十岁的时候（这个年龄在老人的回顾里具有少年的形象，然而在我却预示着与日俱增的回想），在我规范的日常生活里，每日都有多次的事与物触发我回首过去，而我过去的经验为这样的回想提供了足够事例。我开始意识到那些即将来到的事物，其实是为了打开我的过去之门。因此现实时间里的从过去走向将来便丧失了其内在的说服力。似乎可以这样认为，时间将来只是时间过去的表象。如果我此刻反过来认为时间过去只是时间将来的表象时，确立的可能也同样存在。我完全有理由认为过去的经验是为将来的事物存在的，因为过去的经验只有通过将来事物的指引才会出现新的意义。

拥有上述前提以后，我开始面对现在了。事实上我们真实拥有的只有现在，过去和将来只是现在的两种表现形式。我的所有创作都是针对现在成立的，虽然我叙述的所有事件都作为过去的状态出现，可是叙述进程只能在现在的层面上进行。在这个意义上说，一切回忆与预测都是现在的内容，因此现在的实际意义远比常识的理解要来得复杂。由于过去的经验和将来的事物同时存在现在之中，所以现在往往是无法确定和变幻莫测的。

阴沉的天空具有难得的宁静，它有助于我舒展自己的回忆。当我开始回忆多年前某桩往事，并涉及到与那桩往事有关的阳光时，我便知道自己叙述中需要的阳光应该是怎样的阳光了。正是这种在阴沉的天空里显示出来的过去的阳光，便是叙述中现在的阳光。

在叙述与叙述对象之间存在的第三者（阴沉的天空），可以有效地回避表层现实的局限，也就是说可以从单调的此刻进入广阔复杂的现在层面。这种现在的阳光，事实上是叙述者经验里所有阳光的汇集。因此叙述者可以不受束缚地寻找最为真实的阳光。

我喜欢这样一种叙述态度，通俗的说法便是将别人的事告诉别人。而努力躲避另一种叙述态度，即将自己的事告诉别人。即便是我个人的事，一旦进入叙述我也将其转化为别人的事。我寻找的是无我的叙述方式，在这个意义上，我同意李劼强调的作家与作品之间有一个叙述者的存在。在叙述过程中，个人经验转换的最简便有效的方法就是，尽可能回避直接的表述，让阴沉的天空来展示阳光。

我在前文确立的现在，某种意义上说是针对个人精神成立的，它越出了常识规定的范围。换句话说，它不具备常识应有的现存答案和确定的含义。因此面对现在的语言，只能是一种不确定的语言。

日常语言是消解了个性的大众化语言，一个句式可以唤起所有不同人的相同理解。那是一种确定了的语言，这种语言向我们提供了一个无数次被重复的世界，它强行规定了事物的轮廓和形态。因此当一个作家感到世界像一把椅子那样明白易懂时，他提倡语言应该大众化也就理直气壮了。这种语言的句式像一个紧接一个的路标，总是具有明确的指向。

所谓不确定的语言，并不是面对世界的无可奈何，也不是不知所措之后的含糊其词，事实上它是为了寻求最为真实可信的表达。因为世界并非一目了然，面对事物的纷繁复杂，语言感到无力时时做出终极判断。为了表达的真实，语言只能冲破常识，寻求一种能够同时呈现多种可能，同时呈现几个层面，并且在语法上能够并置、错位、颠倒，不受语法固有序列束缚的表达方式。

当内心涌上一股情感，如果能够正确理解这股情感，也许就会发现那些痛苦、害怕、喜悦等确定字眼，并非是内心情感的真实表达，它们只是一种简单的归纳。要是使用不确定的叙述语言来表达这样的情感状态，显然要比大众化的确定语言来得客观真实。

我这样说并非全部排斥语言的路标作用，因为事物并非任何时候都是纷繁复杂，它也有简单明了的时候。同时我也不想掩饰自己在使用语言时常常力不从心。痛苦、害怕等确定语词我们谁也无法永久逃避。我强调语言的不确定，只是为了尽可能真实地表达。

我所指的不确定的叙述语言，和确定的大众语言之间最根本的区别在于：前者强调对世界的感知，而后者则是判断。

我在前文已经说过，大众语言向我们提供了一个无数次被重复的世界。因此我寻找新语言的企图，是为了向朋友和读者展示一个不曾被重复的世界。

世界对于我，在各个阶段都只能作为有限的整体出现。所以在我某个阶段对世界的理解，只是对某个有限的整体的理解，而不是世界的全部。这种理解事实上就是结构。

从《十八岁出门远行》到《现实一种》时期的作品，其结构大体是对事实框架的模仿，情节段之间的关系基本上是递进、连接的关系，它们之间具有某种现实的必然性。但是那时期作品体现我有关世界结构的一个重要标志，便是对常理的破坏。简单的说法是，常理认为不可能的，在我作品里是坚实的事实；而常理认为可能的，在我那里无法出现。导致这种破坏的原因首先是对常理的怀疑。很多事实已经表明，常理并非像它自我标榜的那样，总是真理在握。我感到世界有其自身的规律，世界并非总在常理推断之中。我这样做同时也是为了告诉别人：事实的价值并不只是局限于事实本身，任何一个事实一旦进入作品都可能象征一个世界。

当我写作《世事如烟》时，其结构已经放弃了对事实框架的模仿。表面上看为了表现更多的事实，使世界能够尽可能呈现纷繁的状态，我采用了并置、错位的结构方式。但实质上，我有关世界结构的思考已经确立，并开始脱离现状世界提供的现实依据。我发现了世界里一个无法眼见的整体的存在，在这个整体里，世界自身的规律也开始清晰起来。

那个时期，当我每次行走在大街上，看着车辆和行人运动时，我都会突然感到这运动透视着不由自主。我感到眼前的一切都像是事先已经安排好，在某种隐藏的力量指使下展开其运动。所有的一切（行人、车辆、街道、房屋、树木），都仿佛是舞台上的道具，世界自身的规律左右着它们，如同事先已经确定了的剧情。这个思考让我意识到，现状世界出现的一切偶然因素，都有着必然的前提。因此，当我在作品中展现事实时，必然因素已不再统治我，偶然的因素则异常地活跃起来。

与此同时，我开始重新思考世界里的一切关系：人与人、人与现实、房屋与街道、树木与河流等等。这些关系如一张错综复杂的网。

那时候我与朋友交谈时，常常会不禁自问：交谈是否呈现了我与这位朋友的真正关系？无可非议这种关系是表面的，暂时的。那么永久的关系是什么？于是我发现了世界赋予人与自然的命运。人的命运，房屋、街道、树木、河流的命运。世界自身的规律便体现在这命运之中，世界里那不可捉摸的一部分开始显露其光辉。我有关世界的结构开始重新确立，而《世事如烟》的结构也就这样产生。在《世事如烟》里，人与人，人与物，物与物，情节与情节，细节与细节的连接都显得若即若离，时隐时现。我感到这样能够体现命运的力量，即世界自身的规律。

现在我有必要说明的是：有关世界的结构并非只有唯一。因此在《世事如烟》之后，我的继续寻找将继续有意义。当我寻找得更为深入，或者说角度一旦改变，我开始发现时间作为世界的另一种结构出现了。

世界是所发生的一切，这所发生的一切的框架便是时间。因此时间代表了一个过去的完整世界。当然这里的时间已经不再是现实意义上的时间，它没有固定的顺序关系。它应该是纷繁复杂的过去世界的随意性很强的规律。

当我们把这个过去世界的一些事实，通过时间的重新排列，如果能够同时排列出几种新的顺序关系（这是不成问题的），那么就将出现几种不同的新意义。这样的排列显然是由记忆来完成的，因此我将这种排列称为记忆的逻辑。所以说，时间的意义在于它随时都可以重新结构世界，也就是说世界在时间的每一次重

余华作品

新结构之后，都将出现新的姿态。

事实上，传统叙述里的插叙、倒叙，已经开始了对小说时间的探索。遗憾的是这种探索始终是现实时间意义上的探索。由于这样的探索无法了解到时间的真正意义，就是说无法了解时间其实是有关世界的结构，所以它的停滞不前将是命中注定的。

在我开始以时间作为结构，来写作《此文献给少女杨柳》时，我感受到闯入一个全新世界的极大快乐。我在尝试地使用时间分裂、时间重叠、时间错位等方法以后，收获到的喜悦出乎预料。

两年以来，一些读过我作品的读者经常这样问我：你为什么不写写我们？我的回答是：我已经写了你们。

他们所关心的是我没有写从事他们那类职业的人物，而并不是作为人我是否已经写到他们了。所以我还得耐心地向他们解释：职业只是人物身上的外衣，并不重要。

事实上我不仅对职业缺乏兴趣，就是对那种竭力塑造人物性格的做法也感到不可思议和难以理解。我实在看不出那些所谓性格鲜明的人物身上有多少艺术价值。那些具有所谓性格的人物几乎都可以用一些抽象的常用语词来概括，即开朗、狡猾、厚道、忧郁等等。显而易见，性格关心的是人的外表而并非内心，而且经常粗暴地干涉作家试图进一步深入人的复杂层面的努力。因此我更关心的是人物的欲望，欲望比性格更能代表一个人的存在价值。

另一方面，我并不认为人物在作品中享有的地位，比河流、阳光、树叶、街道和房屋来得重要。我认为人物和河流、阳光等一样，在作品中都只是道具而已。河流以流动的方式来展示其欲望，房屋则在静默中显露欲望的存在。人物与河流、阳光、街道、房屋等各种道具在作品中组合一体又相互作用，从而展现出完整的欲望。这种欲望便是象征的存在。

因此小说传达给我们的，不只是栩栩如生或者激动人心之类的价值。它应该是象征的存在。而象征并不是从某个人物或者某条河流那里显示。一部真正的小说应该无处不洋溢着象征，即我们寓居世界方式的象征，我们理解世界并且与世界打交道的方式的象征。

一九八九年六月

川端康成和卡夫卡的遗产

　　川端康成和卡夫卡，来自东西方的两位作家，在1982年和1986年分别让我兴奋不已。虽然不久以后我发现他们的缺陷和他们的光辉一样明显。然而当我此刻再度回想他们时，犹如在阴天里回想阳光灿烂的情景。

　　川端康成拥有两根如同冬天的枯树枝一样的手臂，他挂在嘴角的微笑有一种衰败的景象。从作品中看，他似乎一直迷恋少女。直到晚年的写作里，对少女的肌肤他依然有着少男般的憧憬。我曾经看到一部日本出版的川端康成影册，其中有一幅是他在接受诺贝尔文学奖时的演说，面对他的第一排坐着几位身穿和服手持鲜花的日本少女。他还可能喜欢围棋，他的《名人》是一部激动人心的小说。

　　《美的存在与发现》是他自杀前在夏威夷的文学演说，文中对阳光在玻璃杯上移动的描叙精美至极，显示了川端在晚年时感觉依然生机勃勃。文后对日本古典诗词的回顾与他的《我在美丽的日本》一样，仅仅只是体现了他是一位出众的鉴赏家。而作为小说家来说，这两篇文章缺乏对小说具有洞察力的见解，或许他这样做是企图说明自己作品的渊源，从而转弯抹角地回答还是不久以前对他们（新感觉派）的指责，指责认为他们是模仿表现主义、达达主义、莫朗等。这时候的川端有些虚弱不堪。

1982年在浙江宁波甬江江畔一座破旧公寓里，我最初读到川端康成的作品，是他的《伊豆的舞女》。那次偶然的阅读，导致我一年之后正式开始的写作，和一直持续到1986年春天的对川端的忠贞不渝。那段时间我阅读了译为汉语的所有川端作品。他的作品我都是购买双份，一份保存起来，另一份放在枕边阅读。后来他的作品集出版时不断重复，但只要一本书中有一个短篇我藏书里没有，购买时我就毫不犹豫。

现在回想起来，当初对川端的迷恋来自我写作之初对作家目光的发现。无数事实拥出经验，在作家目光之前摇晃，这意味着某种形式即将诞生。川端的目光显然是宽阔和悠长的。他在看到一位瘸腿的少女时给予了深切的同情，她与一个因为当兵去中国的青年男子订婚，这是战争给予她的短暂恩赐。未婚夫的战死，使婚约解除，她离开婆家独自行走，后来伫立在一幢新屋即将建立处，新屋暗示着一对新婚夫妇即将搬入居住。两个以上的、可能是截然无关的事实可以同时进入川端的目光，即婚约的解除与新屋的建成。

《雪国》和《温泉旅馆》是川端的杰作，还有《伊豆的舞女》等几个短篇。《古都》对风俗的展示过于铺张，《千只鹤》里有一些惊人的感受，但通篇平平常常。

　　川端的作品笼罩了我最初三年多的写作。那段时间我排斥了几乎所有别的作家，只接受普鲁斯特和曼斯菲尔德等少数几个多愁善感的作家。

　　这样的情形一直持续到1986年春天。一个偶然的机会让我发现了卡夫卡。我是和一个朋友在杭州逛书店时看到一本《卡夫卡小说选》的。那是最后一本，我的朋友先买了。后来在这个朋友家聊天，说到《战争与和平》，他没有这套书。我说我可以设法搞到一套，同时我提出一个前提，就是要他把《卡夫卡小说选》给我。他的同意使我在不久之后的一个夜晚读到了《乡村医生》。那部短篇使我大吃一惊。事情就是这样简单，在我即将沦为文学迷信的殉葬品时，卡夫卡在川端康成的屠刀下拯救了我。我把这理解成命运的一次恩赐。

　　《乡村医生》让我感到作家在面对形式时可以是自由自在的，形式似乎是"无政府主义"的，作家没有必要依赖一种直接的、既定的观念去理解形式。在某种意义上说，作家完全可以依据自己心情是否愉快来决定形式是否愉悦。在我想象力和情绪力日益枯竭的时候，卡夫卡解放了我，使我三年多时间建立起来的一套写作法则在一夜之间成了一堆破烂。不久以后我注意到了一种虚伪的形式（参见《虚伪的作品》一文）。这种形式使我的想象力重新获得自由，犹如田野上的风一样自由自在。只有这样，写作对我来说才如同普鲁斯特所说的："有益于身心健康。"

此后读到的《饥饿艺术家》、《在流放地》等小说，让我感到意义在小说中的魅力。川端康成显然是属于排斥意义的作家。而卡夫卡则恰恰相反，卡夫卡所有作品的出现都源于他的思想。他的思想和时代格格不入。我在了解到川端康成之后，再试图去了解日本文学，那么就会发现某种共同的标准，所以川端康成的出现没有丝毫偶然的因素。而卡夫卡的出现则可以说是一个奇迹了，文学史上的奇迹。

从相片上看，卡夫卡脸型消瘦，锋利的下巴有些像匕首。那是一个内心异常脆弱过敏的作家。他对自己的隐私保护得非常好。即使他随便在纸片上涂下的素描，一旦被人发现也立即藏好。我看到过一些他的速写画，基本上是一些人物和椅子及写字台的关系。他的速写形式十分孤独，他只采用直线，在一切应该柔和的地方他一律采取坚硬的直线。这暗示了某种思维特征。他显然是善于进行长驱直入的思索的。他的思维异常锋利，可以轻而易举地直达人类的痛处。

《审判》是卡夫卡三部长篇之一，非常出色。然而卡夫卡在对人物 K 的处理上过于随心所欲，从而多少破坏了他严谨的思想。

川端康成过于沉湎在自然的景色和女人的肌肤的光泽之中。卡夫卡则始终听任他的思想使唤。因此作为小说家来说，他们显然没有福克纳来得完善。

无论是川端康成，还是卡夫卡，他们都是极端个人主义的作家。他们的感受都是纯粹个人化的，他们感受的惊人之处也在于此。

川端康成在《禽兽》的结尾，写到一个母亲凝视死去的女儿时的感受，他这样写：

女儿的脸生平第一次化妆，真像是一位出嫁的新娘。

而在卡夫卡的《乡村医生》中，医生看到患者的伤口时，感到有些像玫瑰花。

川端康成和卡夫卡的遗产是两座博物馆，所要告诉我们的是文学史上曾经出现过什么；而不是两座银行，他们不供养任何后来者。

一九八九年十一月十七日

文学中的现实

什么是文学中的现实？我要说的不是一列火车从窗前经过，不是某一个人在河边散步，不是秋天来了树叶就掉了，当然这样的情景时常出现在文学的叙述里，问题是我们是否记住了这些情景？当火车经过以后不再回到我们的阅读里，当河边散步的人走远后立刻被遗忘，当树叶掉下来读者无动于衷，这样的现实虽然出现在了文学的叙述中，它仍然只是现实中的现实，仍然不是文学中的现实。

我在中国的小报上读到过两个真实的事件，我把它们举例出来，也许可以说明什么是文学中的现实。两个事件都是令人不安的，一个是两辆卡车在国家公路上迎面相撞，另一个是一个人从二十多层的高楼上跳下来，这样的事件在今天的中国几乎每天都在发生，已经成为记者笔下的陈词滥调，可是它们引起了我的关注，这是因为两辆卡车相撞时，发出巨大的响声将公路两旁树木上的麻雀纷纷震落在地；而那个从高楼跳下来自杀身亡的人，由于剧烈的冲击使他的牛仔裤都崩裂了。麻雀被震落下来和牛仔裤的崩裂，使这两个事件一下子变得与众不同，变得更加触目惊心，变得令人难忘，我的意思是说让我们一下子读到了文学中的现实。如果没有那些昏迷或者死亡的麻雀铺满了公路的描写，没有牛仔裤崩裂的描写，那么两辆卡车相撞和一个人从高楼跳下来的情景，即便是进入了文学，也是很容易被阅读遗忘，因为它们没有产生文学中的现实，它们仅仅是让现实事件进入了语言的叙述系统而已。而满地的麻雀和牛仔裤的崩裂的描写，可以让文学在现实生活和历史事件里脱颖而出，文学的现实应该由这样的表达来建立，如果没有这样的表达，叙述就会沦落为生活和事件的简单图解。这就是为什么生活和事件总是转瞬即逝，而文学却是历久弥新。

我们知道文学中的现实是由叙述语言建立起来的，我们来读一读意大利诗人但丁的诗句。在那部伟大的《神曲》里，奇妙的想象和比喻，温柔有力的结构，从容不迫的行文，让我对《神曲》的喜爱无与伦比。但丁在诗句里这样告诉我们："箭中了目标，离了弦。"但丁在诗句里将因果关系换了一个位置，先写箭中了目标，后写箭离了弦，让我们一下子读到了语言中的速度。仔细一想，这样的速度也是我们经常在现实生活中可以感受到的，问题是现实的逻辑常常制止我们的感受能力，但丁打破了原有的逻辑关系后，让我们感到有时候文学中的现实会比生活中的现实更加真实。

另一位作家叫博尔赫斯，是阿根廷人，他对但丁的仰慕不亚于我。在他的一篇有趣的故事里，写到了两个博尔赫斯，一个六十多岁，另一个已经八十高龄了。他让两个博尔赫斯在漫长旅途中的客栈相遇，当年老的博尔赫斯说话时，让我们看看他是如何描写声音的，年轻一些的博尔赫斯这样想："是我经常在我的录音带上听到的那种声音。"

将同一个人置身到两种不同时间里，又让他们在某一个相同的时间和相同的环境里相遇，毫无疑问这不是生活中的现实，这必然是文学中的现实。我也在其他作家的笔下读到过类似的故事，让一个人的老年时期和自己的年轻时期相遇，再让他们爱上同一个女人，互相争夺又互相礼让。这样的花边故事我一个都没有记住，只有博尔赫斯的这个故事令我难忘，当年老的那位说话时，让年轻的那位觉得是在听自己声音的录音。我们可以想象这是什么样的声音，苍老和百感交集的声音，而且是自己将来的声音。录音带的转折让我们读到了奇妙的差异，这是隐藏在一致性中的差异，正是这奇妙的差异性的描写，让六十多岁的博尔赫斯和八十岁的博尔赫斯相遇时变得真实可靠，当然这是文学中的真实。

在这里录音带是叙述的关键，或者说是出神入化的道具，正是这样的道具使看起来离奇古怪的故事有了现实的依据，也就是有了文学中的现实。我还可以举出另外一个例子，法国作家尤瑟纳尔在她的一部关于中国的故事里，一个名叫林的人在皇帝的大殿上被砍下了头颅之后，他又站到了画师王佛逐渐画出来的船上，在海风里迎面而来，林在王佛的画中起死回生是尤瑟纳尔的神来之笔，最重要的是尤瑟纳尔在林的脖子和脑袋分离后重新组合时增加了一个道具，她这样写："他的脖子上围着一条奇怪的红色围巾。"这仿佛象征了血迹的令人赞叹的一笔，使林的复活惊心动魄，也使林的生前和死后复生之间出现了差异，于是叙述就有了现实的依据，也就更加有力和合理。

但丁射箭的诗句，博尔赫斯的录音带，还有尤瑟纳尔的红色围巾，让我们感到伟大作家所具有的卓越的洞察力。人们总是喜欢强调想象对于文学的重要，其实洞察也是同样的重要，当想象飞翔的时候，是洞察在把握着它的方向。可以这么说，没有洞察帮助掌握分寸的想象，往往是胡思乱想。只有当想象和洞察完美地结合起来时，才会有但丁射箭的诗句，博尔赫斯的录音带和尤瑟纳尔的红色围巾，才会有我这里所说的文学中的现实。

二〇〇三年十月